闪小说阅读系列

太阳从西边出来

李宗山 著

江西高校出版社
JIANGXI UNIVERSITIES AND COLLEGES PRESS

图书在版编目（CIP）数据

太阳从西边出来 / 李宗山著 . -- 南昌：江西高校
出版社 , 2024.1
（闪小说阅读系列）
ISBN 978-7-5762-2041-4

Ⅰ . ①太… Ⅱ . ①李… Ⅲ . ①散文集—中国—当代②
小小说—小说集—中国—当代 Ⅳ . ① I217.2

中国版本图书馆 CIP 数据核字（2021）第 191079 号

出 版 发 行	江西高校出版社
地 址	江西省南昌市洪都北大道 96 号
总编室电话	（0791）88504319
销 售 电 话	（0791）87919722
网 址	www.juacp.com
印 刷	永清县晔盛亚胶印有限公司
经 销	全国新华书店
开 本	700mm×1000mm 1/16
印 张	14
字 数	182 千字
版 次	2024 年 1 月第 1 版 2024 年 1 月第 1 次印刷
书 号	ISBN 978-7-5762-2041-4
定 价	58.00 元

赣版权登字 -07-2021-1292

目　录

红尘有爱..1

睡踏实 2

母亲的苹果 3

怎么好久不来了 4

剩饭..5

母亲用车 6

手杖..7

母亲节的礼物 8

年夜饭 9

最爱吃的饭 10

父亲的手表 11

这块海米不能吃 12

太阳从西边出来 13

依赖..14

懂写作的妈 15

没听清 16

念叨..17

垫着底 18

都是为孙子 ……………………………… 19

帮奶奶看水 ……………………………… 20

原来的样子 ……………………………… 21

儿子有办法 ……………………………… 22

老伴儿起来了 …………………………… 23

送月亮 …………………………………… 24

当了妈就不一样了 ……………………… 25

踩刹车 …………………………………… 26

朋友圈 …………………………………… 27

老领导 …………………………………… 28

根子还在我 ……………………………… 29

你想要什么 ……………………………… 30

改毛病 …………………………………… 31

不打电话 ………………………………… 32

职来职往…………………………………**33**

一模一样 ………………………………… 34

端平别撒了 ……………………………… 35

年底的交代 ……………………………… 36

大干部 …………………………………… 37

说风就来雨 ……………………………… 38

硬茬 ……………………………………… 39

以隋总的时间为准 ……………………… 40

不能没有他 ……………………………… 41

以后要注意 ……………………………… 42

你就照着那样说 ………………………… 43

奋起直追 ………………………………… 44

诀窍 ……………………………………… 45

摇头太难 …………………………………… 46

不吃咋办 …………………………………… 47

包还没到 …………………………………… 48

吴准的年龄 ………………………………… 49

不是来说情的 ……………………………… 50

摄影家 ……………………………………… 51

王总 ………………………………………… 52

形势需要 …………………………………… 53

集体生活 …………………………………… 54

就认档案 …………………………………… 55

开车门 ……………………………………… 56

要有图片为证 ……………………………… 57

补会 ………………………………………… 58

这是你舅决定的 …………………………… 59

事出有因 …………………………………… 60

大刘跟我在一起 …………………………… 61

审过的痕迹 ………………………………… 62

习惯 ………………………………………… 63

盼停水 ……………………………………… 64

帮忙 ………………………………………… 65

经验 ………………………………………… 66

点赞 ………………………………………… 67

埋汰人 ……………………………………… 68

摔门 ………………………………………… 69

老主顾 ……………………………………… 70

寻访石敢当 ………………………………… 71

裸画 ………………………………………… 72

优先收购 …………………………………… 74

心灵点击 75

不锁门 76

一杆秤 77

多了就不是我的了 78

一麻袋土豆的记忆 79

不游泳 80

酒后电话 81

卧铺 82

药引子 83

父亲的小板凳 84

祭奠 85

手机无处放 86

香梨 87

台阶 88

忌日 89

尾巴 90

分不清 91

三片地瓜干 92

这事不能怨别人 93

缘分 94

写本书 95

考察 96

一层纸 97

认可 98

不想坐 99

担心 100

烤红薯 101

找不到 102

不懂事 103

倾听 104

想辙 105

儿子也发过小广告 106

埋怨 107

两口子 108

卡伊普塞斯 110

好消息 111

腾位置 112

保温壶 113

横竖不开心 114

司机老赵 115

细人老马 116

不能不如乌鸦 117

随爸 118

小黑 119

戏里戏外 120

忘不掉 121

抽时间 122

鞋子不合脚 123

过山车 124

害怕闪着 125

脏兮兮的 126

不出摊 127

剃头过年 128

看大海 129

妈妈的样子 130

差不了 131

哈哈一笑..**132**

一起出名...133

你这么说，谁信.................................134

打赏..135

送药..136

出门..137

等活动..138

忘了就离正常不远了.......................139

打前站..140

大忽悠..141

抽奖..142

倾诉..143

找原因..144

属羊..145

臭味..146

脸面..148

张三解梦..149

到天上寻..150

阿咪..151

我还是要帮帮你.................................152

腰病..153

我也有一大摞取款单.........................154

视情况..155

过了终审通知你.................................156

不信去问他..157

真摔..158

小姐额头有颗痣.................................159

钱总的卡..160

不打伞 ……………………………………… 161

钓 ……………………………………………… 162

垃圾 ……………………………………………… 163

欠一顿饭 ……………………………………… 164

杨大姐搞福利 ………………………………… 165

主任的电脑 …………………………………… 166

橘子 ……………………………………………… 167

鼓掌 ……………………………………………… 168

习惯表态 ……………………………………… 169

可怜的小树 …………………………………… 170

死人埋单 ……………………………………… 171

拆围墙 ………………………………………… 172

又被收容 ……………………………………… 173

红运当头 ……………………………………… 174

肩膀上面是嘴 ………………………………… 175

规律 ……………………………………………… 176

太不讲究 ……………………………………… 177

必须玩真的 …………………………………… 178

意外 ……………………………………………… 179

弯不下腰 ……………………………………… 180

请你理解我 …………………………………… 181

你看看这个就行了 …………………………… 182

厉害了 ………………………………………… 183

八卦 ……………………………………………… 184

相反方向 ……………………………………… 185

打脸 ……………………………………………… 186

朝里有人 ……………………………………… 187

薛周梦蝶 ……………………………………… 188

占位 ……………………………………………189

退不下来 …………………………………190

下次我请 …………………………………191

挡不住 ……………………………………192

这面和得有问题 …………………………193

搞活动 ……………………………………194

你怎么养成这习惯 ………………………195

现场会 ……………………………………196

撕破脸皮的狗 ……………………………197

没让接机 …………………………………198

敲门的声音 ………………………………199

生个大胖小子 ……………………………200

良心活 ……………………………………201

你是哪年人 ………………………………202

养孙防老 …………………………………203

往下数 ……………………………………204

注意身体 …………………………………205

回头查查告诉你 …………………………206

不能骂石头 ………………………………207

小便池 ……………………………………208

这不是钱的事 ……………………………209

投票 ………………………………………210

紫茄子 ……………………………………211

瑕疵 ………………………………………212

提前看了书 ………………………………213

丢石头 ……………………………………214

红尘有爱

我愿把自己最初最深的关于爱的点滴与您分享。

睡踏实

我睡不好觉的时候，只要回到母亲那里，就能睡踏实，甚至还能听到自己的呼噜声。

那次连加几天班，回去躺下怎么都睡不着，脑子里全是报表数据，我就到了母亲那里。母亲说："干活累了就歇歇，没个好身体什么都白搭。"母亲坐在我旁边，没唠两句我就睡着了。醒来的时候，母亲还在我旁边坐着，我一看表，这一觉竟睡了两个小时。

有次活干了不少，却还是受到领导的批评。我气不过，回家蒙头想睡，但翻来覆去睡不着，就到母亲那里。母亲说："再冤还能比窦娥冤？睡一觉就好了。"母亲坐在沙发一头，我倒在沙发上果然很快就睡着了。等到醒来，母亲笑着说："你睡觉打着呼噜，哪来的冤屈。"我果然释怀了。

那天中午去看母亲，吃完饭又和母亲说了好一阵子话。母亲说："是不是最近工作挺顺的。"我说："是挺顺的。"母亲说："顺了就好好干吧。"母亲又说她想睡一会儿午觉。我一看表快到上班时间了，我起身就要出门。我突然觉着是否也应该坐到母亲旁边，让母亲好好睡一觉。我把这想法告诉了母亲，母亲却赶我似的说："你不走，我怎么能睡踏实。"

母亲的苹果

赵泉从乡镇调到县里工作，母亲带了一兜苹果来看他。母亲说："你从小就喜欢吃苹果。"

赵泉抽时间陪母亲逛街。赵泉说："妈，看上什么您就说，您儿子现在的条件比以前好多了。"转了两小时，母亲什么都不让买。末了，在一家商店的水果柜台前，母亲说："买两斤苹果吧。"赵泉说："您才提来一大兜，再说您也看到了，家里这些东西那么多。"母亲不说话，掏出钱，示意称两斤，赵泉赶紧抢着付了钱。

夫人背地里埋怨赵泉："家里水果都烂了，还花冤枉钱。"赵泉苦笑着直摇头。

夫人也提出陪婆婆逛趟街。半天回来，也提回半兜子苹果。夫人把赵泉拉到卧室说："老太太挺犟，买鞋嫌贵，买外衣说用不上，到头来还非要买苹果。现在苹果不便宜，家里水果箱都摞成山了，真把自己的钱不当钱。"

那天母亲要回乡下，临走拿出钱让赵泉买两箱苹果。赵泉说："老家有，买这干啥。"母亲说："留给你。"赵泉说："您看家里这么多呢。"母亲说："你小时候咱家里也多，可你还到邻居的苹果树上偷摘着吃，那次你差点没让你爹打个半死；我一来就见有人把整箱水果往家搬，心里更是不踏实。前阵子苹果熟了，你爹就念叨多年前把你那顿打，让我给你带够拿足，你现在头上有顶官帽子，别人的东西，自己再喜欢也不能拿。"

赵泉的父亲后来有次来县里小住，赵泉端出一盘苹果，父亲只看不吃。赵泉说："这是我妈给买的。"父亲就吃了。父亲吃完笑着说："你妈买了多少啊，还能吃到现在。"赵泉说："很多，就着您的那顿打，够我吃一辈子的。"

怎么好久不来了

母亲上岁数后见到我总爱说："怎么好久不来了。"

母亲刚退休那两年，我大约每周到母亲那里去一次。母亲见到我便说："怎么好久不来了！""单位忙着呢。"我随便答道。"买了那么多好吃的，等着做给你吃。"母亲边说边急忙进厨房，不到半小时就端出可口的饭菜。我匆匆吃完，跟母亲说不上几句话，又一溜烟出门忙活去了。

又过了几年，我两天到母亲那里去一次。母亲总是看我半天，说："怎么好久不来了？""单位有些忙。才两天没回来，哪有多么久。"我还是随便地说。我随母亲进厨房，给母亲搭把手，一起做了饭吃，再跟母亲说上几句话，就出门忙活去了。

去年开始，母亲走路显得不太稳了，我每天都回母亲那里。母亲见到我，眨巴着眼问："怎么好久不来了？""这不是才一晚上没见吗。"我无奈地说。母亲进厨房，动动锅，拿拿碗，慢慢转身又说："怎么好久不来了？"我笑着说："这都问好几遍了。"我急急忙忙做饭，母亲给我搭把手，做熟一起吃完，我似乎双脚不听使唤地挪出门忙活去了。

前阵子，我因公外出两个月，期间母亲病重一次。我回到家时母亲身体刚有好转。母亲躺在床上，睁眼看清我时，我已经在母亲床前有半个小时了。母亲眼角噙着泪，想说什么，半天说不出来。我急忙说："妈，你是要说我怎么好久没来了。"母亲面露笑容，声音微弱地说："睁眼闭眼都是你，怎么还说好久不来了，这不一直在眼前吗，别以为我病糊涂了。"母亲的泪流了出来。

剩　饭

　　周末上午，我到母亲那里，母亲正在吃早饭。母亲说："你吃了没有？也一起吃些吧。"我说："我早都吃过了，再吃就吃中午饭了。您吃的这蒜薹一看就是昨天炒的，都发囊了。已经跟您说过好多次，每次少做点，不要经常吃剩饭。"母亲笑着说："妈也是老了，脑子越来越不好使了。现在你们不在我跟前，我也常常想着少做点，可一到做的时候就忘了。"我说："您才六十几岁，看看那些跳广场舞的大妈，一个个都反应那么灵敏，您也不比那些人老嘛。"母亲笑了笑，没说话，有滋有味地嚼着隔夜的蒜薹。

　　中午的时候，我陪母亲一起做饭。我择菜，母亲往电饭煲里放米，准备做米饭。可等到要吃饭打开锅的时候，我又懵了，我说："妈，刚才我又提醒过一次，您还是没改。做这一大锅的米饭，比我们几个结婚前在家里吃的时候还多。我要是今晚不陪着您在这里吃剩饭的话，恐怕够您吃大半个星期的。天天吃剩饭，这也对身体不好。我都没法说您了，越说越不行，您现在做饭一点数都没有。"母亲没说话，往两个碗里盛着米饭。

　　正说着，有人敲门。我去开门，是姐姐一家子回来了。母亲看着我说："你看看，你还说我做多了，这下恐怕还不够吧。"我说："原来是妈知道姐姐要回来，怪不得今天又做这么多。"母亲说："我啥也不知道，你姐根本没告诉我。我每次做饭的时候，脑子里面就全是你们几个，想着想着就做多了。我就不信，做一百次还碰不对一次，会让我一直吃剩饭！"

母亲用车

清明节给父亲扫墓，母亲提前好些天就说她也要去。

母亲说："这次把你平时坐的小轿车叫来用用吧。"我说："那可是公家的，办私事不能用。"母亲说："妈也懂组织要求。上次妈身体不舒服到医院，你要给小车师傅打电话，我也不愿意，你出门叫了辆出租车去的。"我说："的确是。想想妈可是从来也没坐过我坐的那辆车。"母亲说："那就让妈沾你一次光吧，你想想办法，就这一次。"

见我没说话，母亲又说："这看来让你为难了。妈也从来都不是占公家便宜的人，要不这么着吧，我给你们单位付车费。"我说："单位也没有收费对外租车这一说呀。"母亲说："你给我想想办法吧。这车一定要用用，妈就求你这事了。"

母亲把话都说到这份上了，我怎么也要想法满足母亲的要求。我说："妈就放心吧，这事没问题。"

扫墓那天，师傅按约定的时间把车停在了我家门口。母亲满脸的自豪和欣慰，愉快地上了车。车子直开到父亲的墓旁。

母亲在父亲墓前念叨说："你原来总爱跟领导抬杠、吵架，还发誓说自己的儿子将来要比他们坐更高级的车。我离来陪你也不远了，今天专门告诉你，儿子好几年前就坐轿车了。其实我也清楚，你当年骂人家坐公车跑私事，八分也是羡慕嫉妒。"

回去的路上，母亲说："听说你们最近搞车改，我就想用你们一次车，满足一下你爸当年的虚荣心，也彻底翻过去这一页。给你找麻烦了吧。"我说："妈放心，怎么做我心里有数。"

我是借朋友的私家车去给父亲扫的墓。

手　杖

　　母亲七十五岁生日刚过就摔了一跤，虽无大碍，这事还是提醒我给母亲买了个手杖。母亲看看我，又看看手杖，苦笑着说："看来我老了。""谁都一样，上岁数了，不能不服老。"我随口应和着。买了手杖后，我也放心了许多，好几天没回去。再回家时发现母亲竟然没用手杖。

　　"妈，是不是手杖用着不顺手？"我问。"不是，"母亲停顿良久，有些吞吐，"有你们在，我要那手杖没多大用。"我的腿像灌了铅，半天迈不出母亲的门。后来我坚持每天都回母亲那里去，母亲却又用手杖了。那天母亲对邻居王婶说："儿子给我买了个好手杖。"

母亲节的礼物

　　虽与母亲在同一座城市，但平时工作忙、应酬多，韩斌不常回母亲那里。不过今天是一定要回去的，今天是母亲节，又恰逢星期天，韩斌一周前就着手筹划，还提前给母亲打过电话，要用心给母亲准备节日礼物。

　　韩斌有写博客的习惯，他要写篇赞美母亲的文章，作为献给母亲的第一件礼物。他一大早打开电脑，用心敲着键盘。写到父亲早逝，母亲为供自己上大学，做鞋垫在巷口卖，却因影响市容被没收时，眼泪伴着文字洒到了电脑上。韩斌用三个多小时完成了感情真挚的文章，他又在电脑前等了两个小时，直到网友们纷纷点赞，才满足地去准备第二件礼物。

　　韩斌开车来到一百公里外的农场，他一周前预订了五斤草莓。他最近常想起父亲临终前渴望吃到草莓，但八十年代初反季节果蔬十分罕见，自己正备战高考，留下了终生遗憾。他要在母亲节聊补当年的遗憾。他提着鲜艳的草莓，心里又酸又甜。他小心地把草莓筐放到后备厢里，追着夕阳的余晖，直奔母亲家。

　　韩斌到母亲那里的时候，楼单元门口已亮起灯。进楼，敲门，没声。他轻轻打开门，来到客厅。电视开着，母亲坐在沙发上睡着了。

　　韩斌把草莓放到茶几上，小声唤醒母亲，递上两个草莓。但他无法让母亲看到他写的博客，母亲不会上网，家里也没有电脑。用自己的手机上网，字太小，母亲看不清。

　　"知道你今天来，中午也就没睡着。"母亲分一个草莓给他，"最好的礼物，就是看到你来，我才能睡个好觉。"

年夜饭

按照习俗，除夕年夜饭前，要在外面找个十字路口先祭奠一下先人。往年这事都是我去做的，今年母亲却要和我一起去。我对母亲说："妈，您就不要去了。外面黑咕隆咚，天冷路滑，还不时有鞭炮乱窜，您这身子骨经不住折腾。"母亲说："你妈没那么娇气。天黑算什么，当年上夜班，常常天快亮了才回家；大冬天穿着胶靴子泡在水里干活，也都能熬住。有些年，门市部冬天就是萝卜白菜土豆老三样，我们没白没黑地做豆腐生豆芽，那也解决了冬季市民饭桌上的大问题。"我说："那可都是三十多年前的事了。"母亲说："三十多年前又咋样，我就觉着好像是昨天。"

我又说："妈，每年除夕祭奠都是我去，这是晚辈的事。我办这事，您有啥不放心？您都七十多岁了，不能拿自己开玩笑。"母亲说："你说的没错，可那是平常年份。今年不一样，有些事你说不清，有些人你不认识。我必须要去，岁数再大都要去，只要能动就得去。"

我听着有些云里雾里。本想再劝劝母亲，可母亲却起身说："走，现在就走。别说那么多，拿上东西一起去。"

母亲的精神头儿还真没输给我。回家的路上，我问母亲："妈，刚才您念叨的刘姐赵姐王姐都是谁呀。"母亲说："那是'五七连'已经去世的几个老姐妹。当年我们就眼馋老了在家每个月能有退休金，现在终于等来了这一天，我在年前拿上了退休金，'五七连'的人总算有身份了，社会没忘了我们。这对我们就是天大的事，我要是不自己告诉老姐妹们，怎么吃得下这年夜饭！"

最爱吃的饭

知道我结婚后很快学会了做饭，母亲很高兴地打来电话说："小长假回来吧，让我也好好尝尝你的手艺。"

我们坐高铁一个多小时就到了母亲那里。进门的时候，母亲正在客厅看电视。我说："妈妈没忘记我们今天要回来展示手艺吧。"母亲说："记着呢，正在这里等你们，都快饿过劲了。"我说："妈想让我做什么饭？"媳妇接话说："肯定要做妈最爱吃的呀。"母亲笑着表示认可。我说："那就做拉面。"我们小两口到厨房一阵忙活，很快把一盘拉面端到母亲跟前。母亲边吃边说："的确是有了大长进，这饭比我做的还好吃。"

母亲中午那么一夸，我更是有了劲。午饭还没消化完，我就跟母亲说："妈，晚饭还是我来做，您想让我做什么饭？"媳妇又接话道："肯定还是妈最喜欢吃的饭呀。"母亲又笑着表示认可。我说："那就做韭菜盒子吧。"我们小两口到厨房一阵忙活，很快就把一盘韭菜盒子端到母亲跟前。母亲边吃边说："还真是有模有样，喷香可口。"

我几乎把几天的饭全包了，先后做了凉面、烤肉、抓饭、面片等等。当然，媳妇很是帮了些忙。母亲赞不绝口。

临走的时候，我对母亲说："妈，其实想想这两天我做的饭，都是您以前常做的，也是咱俩最爱吃的。难道您就没有自己最爱吃的饭吗？"母亲说："我出嫁前在你姥姥跟前的时候，倒是也有几样自己最爱吃的。自从结婚有了你，慢慢的，你最爱吃的也就成了妈最爱吃的了。"

父亲的手表

20 世纪 70 年代初，我还在村里上小学，父亲在城里工作。父亲每次回老家，手表是最显眼的。大冬天的，父亲的袖口也挽着，手表正好能露出来。有一次，父亲跟我说："这叫欧米伽表，是很名贵的。"看着父亲不容置疑的样子，我也不住地点着头。接我们进城后，母亲没工作，姐姐、弟弟和我都在上学。有一天，我发现父亲的手表没了，就说："爸，您的手表坏了吗？"父亲说："那表不容易坏，放到寄卖行了。"我说："那是什么地方？"父亲说："临时抵些钱用。那里的人我认识，半年内不会卖掉。"

过了一段时间，我想起那块表，就跟父亲说："爸，您的表，别过了期。"父亲说："其实，那块表以前也是在寄卖行买的。现在就是拿不回来，也没什么可惜的，说不定它还物归原主了呢。"

以后，父亲再也没戴过表，也不肯再买表。

后来，母亲给我买了块手表。父亲看了半天，说："这比我那年放在寄卖行的，还是差很多。"

工作后，手头刚有些钱，我就去了寄卖行。柜台里的老先生问："你做啥业务？"我说："我父亲六年前寄放在这里一块欧米伽手表。"老先生说："这种稀罕物，如果手头不是很紧，主人一般都会及时赎回去；过期的，别人很快也就买走了。"我失望地往外走。老先生叫住了我，说："你是老李的儿子呀，还挺猴急。老李起先来过几次，到期后就再没来过。我估计他早晚都能来，就用自己的钱买下了；没想到六年后他让你来。你父亲身体好吗？"我说："父亲两年前去世了。"

这块海米不能吃

这是 20 世纪 70 年代中期，我小学五年级暑假的事。

父亲下班给我五块钱，说："水产商店贴出通知，有批水产品明早卖，你去买些。"我排了一夜的队，买回一块冻海米。父亲却说："这块海米不能吃。"非让我退掉不可。

我很委屈地说："排了十几个小时的队，我都要虚脱了。"父亲说："我知道很辛苦，一夜没睡觉，没吃没喝，挤来挤去的。可这块海米不能吃。"

我捧着香皂盒般大的冻海米没动弹。我说："好久都没吃海鲜了。上次吃还是春节，这都好几个月了，您不是也想吃吗？这东西又不要票，碰到一次多不容易。"父亲说："你说的这些我知道，要不也不会让你去买。可你还是要去退掉，不能留在家里。"

我依旧没挪脚步。我说："我知道没按您的意思买。您让我买五道黑鱼，我买的是海米。可还没排到我的时候，五道黑就卖完了。营业员也是看着大厅里都是昨晚排队的，才从冰柜里拿出一些冻海米。能买到就不错了。"父亲说："再不退掉，可就化完了。"

我极不情愿地出了门。刚到水产商店，没等跟营业员说话，十几个顾客就围了过来；我很顺利地就把冻海米原价卖了。

回到家，父亲摸了一下我的头说："原想花三四块钱买几条五道黑，吃上几顿。你买一小块冻海米，炒一盘菜都不够。我一个月就五十多块钱的工资，那不是我们吃得起的东西。"

晚上，我听到父亲对母亲说："今天着实难为了孩子。其实，儿子要是再坚持一下不出门，我也就把海米留下了，就一块冻海米，咬咬牙，吃也就吃了。"

太阳从西边出来

　　从小到大，每当我做了出乎母亲意料又让母亲高兴的事情，母亲总是会说："太阳从西边出来了。"

　　初中一年级暑假，我在家做了顿饭，也是从小以来第一次做饭。母亲下班回家看到热气腾腾的酸汤揪片子，比平时多吃了两碗，边吃边神秘地对我说："太阳从西边出来了。"

　　刚参加工作，我的工资不到三十元。我第一个月拿出十元钱交给母亲，我说："妈，以后我可以养活自己了，每个月都给家里交生活费。"母亲把钱放到抽屉里，微笑着说："太阳要从西边出来了。"

　　母亲五十五岁从"五七连"退出后，就没了收入。我自然应该承担起母亲的生活费。月底，母亲看着我拿出几乎接近她上班时月收入的钱，不肯接受。我说："妈，我可以养活您，给您这些钱不影响我小家庭的正常开支。"母亲勉强接着，说："太阳真的从西边出来了。"

　　后来便是多年的忙碌、应酬，来去匆匆，顾不上跟母亲说几句话。眼看着母亲岁数大了，端个饭锅也用不上劲了，前段时间说话又含混不清。我连续请假好几天在家陪母亲，还写了退休报告。母亲那天吃力地问我："怎么这么多天一直在家里，单位离得开吗？"我说："我三十多年都没休过假，也该好好歇歇陪陪您了。"我又指着窗外，"这些天太阳是从西边出来的。"母亲居然咯咯地笑出了声，很清晰地说："这话该我说。"

依　赖

　　母亲八十岁以后生活就有些不能自理了，每日在家活动的范围也就是从床边挪到沙发，再从沙发挪回到床，吃喝自然是要别人协助的。

　　早上，母亲挪腾着坐到沙发上，我把热好的牛奶给母亲端过去。母亲看我一眼，接过小碗端着，半天抿一小口。我看看表提醒说："妈，多喝一些吧，别放凉了。"母亲没理会，依旧按照她的节奏半天又抿一口。我提醒了五六次后，母亲竟然还端着碗坐在沙发上似乎要睡着了。我苦笑着摇摇头，感觉很无奈，索性拉个凳子坐下来，用手和母亲一起端着小碗，怕把牛奶洒到母亲身上。但我的心思大半已经到单位早上要开的晨会上了。

　　我和母亲两个人就这么耗着，共同端着这个小碗。母亲抓碗的手很紧，丝毫不比我用的劲小，但我还是不敢松手。

　　我看过几次表，有些等不及了，就略提高了些嗓门说："妈，您要是睡着了，我可就走了，我上班也该出门了。"母亲一下子醒了过来，抓碗的手也略微松了些，几口就把剩下的小半碗牛奶喝完了。我轻轻摇晃几下小碗，示意母亲松开手；母亲看看窗外，很不情愿地松开了手。我带些埋怨地说："妈这样真是耽误工夫，别人早起晚起都不能提前出门，非要磨蹭到上班迟到不可。"

　　姐姐在一旁笑着说："你小的时候也就和这差不多，早上起床妈给你喂饭，你抿两口就闭上眼睛装睡，咬住碗沿不肯下咽，抓碗的手连妈的手一起抓着，把妈的手背都抠出几个小指甲印子，其实你就是故意想撇赖着不让妈妈出家门。"

太阳从西边出来

懂写作的妈

　　"最近中午不能回来做饭，等忙过这阵子，早春小白菜、韭菜下来就好了。这季节，我们生的豆芽顶大事了。"吃早饭时，母亲唠叨着，"刘阿姨的婆婆住院，也没能去照顾。别小看'五七连'的老婆子们，关键时刻没有掉链子的。"我带些埋怨地说："我说再放假我想去干临时工，您却说'五七连'生豆芽。"

　　母亲没理我，继续说："还真不是吹，每天来拉豆芽的车排长队。昨天有人拿着条子找连长要加塞儿走后门，连长掐着腰说，天王老子也要排队。好几个门市部还送来了锦旗。一天拉出二十多吨，要没我们的豆芽，那些菜铺子柜台上就只剩下过冬的白菜萝卜和土豆了。"我生气地说："妈，我说东，您却说西。"

　　母亲仍旧不停地说："生豆芽比伺候月子还难，动辄容易受风、变绿，那就不好看也不好吃了。不是谁都能干得好的。"

　　"妈，我说的是干临时工，找素材，写作课有新闻写作，我也想写新闻稿。"我打断了妈的话。母亲放下碗筷说："我刚才说的，广播里讲讲是不是也挺稀罕。"这还倒真提示了我。我又让妈重复说了一遍，很快写好寄给市广播电台，没想到电台第二天就播了。

　　我突然间竟诞生了处女作。老师高调表扬我，问是谁指导写的，我涨红着脸说："我妈。"老师说："李同学有个懂写作的母亲，那是多数人没法比的，大家更应该加倍努力。"

　　这是四十年前我上中学时的事。其实，母亲连小学都没念完，"五七连"也没有正式职工待遇。

没听清

这事有五十年了。那时，我刚记事，父亲在城里，母亲带着姐姐和我住在乡下。

那天，母亲打开父亲的来信，说："这信得找人给念念。"我说："等姐姐放学回来念吧。"母亲说："这信你姐念不清。"我说："姐姐都上五年级了，上次你还让姐姐给爹写过信。"母亲说："这信，你姐上十年级也念不清。"母亲把信瓤又装到信封里，领着我往外走。我说："要不，找堂哥给念吧，以前姐姐念不下来的时候，都是堂哥给念的，堂哥能念得清。"母亲说："你堂哥初中毕业，也算村里的文化人。可这信你堂哥也念不清。"母亲领着我往大队部方向走，说："找大队干部给念念，刚才看到有人在。"我们进了大队部，副大队长和几个人在聊天。母亲把信递给副大队长，说："孩子他爹来的信，我不认字，麻烦你帮我念念。"副大队长愣了一下，说："其实我的文化也不高。"母亲说："你是村干部，大家都听你的，咋不高。"副队长勉强接了信，念道："玉平我妻，见字如面……"磕磕巴巴老半天才念完，递给母亲。母亲没接信，说："刚才你念太快，我没听清，麻烦你再把前面几句念一遍。"大队部里的人也跟着听了两遍。

回家的路上，我说："娘，刚才第一遍我都听清了，你咋会没听清。"母亲气呼呼地说："小孩子别问那么多！一个村干部，吃饱了饭不干正事，乱嚼舌头。说人家的男人多久连封信都没见来，保不准在外面又找了别的女人。我就听不得这些混账话，刚才不是我没听清，我是要叫他们都听清楚。"

太阳从西边出来

16

念　叨

　　母亲去世后，每逢祭奠，我都要跟母亲念叨几句弟弟病退的事。

　　母亲的七七祭日，我们早早到骨灰寄存处。我捧出母亲的骨灰盒，放到祭台上，眼泪汪汪地说："妈，弟弟的病退手续已办妥，上个月就拿到退休金了，您就放心吧。"我感到母亲似乎在眨巴着眼睛看我。

　　除夕年夜饭，我在母亲遗像前说："妈，弟弟的病退手续已经办下来有些日子，退休金也拿好几个月的了，现在不用别人接济，他自己的退休金够日常生活的，您就放心吧。"我似乎感到了母亲些许的欣慰。

　　母亲去世周年，我在母亲墓前轻声说："妈，弟弟的病退手续早都办下来了，现在除了够他日常生活，还能有些他自己的积蓄，您就放心吧。"我似乎感到母亲多了些笑容。

　　平时每次想念母亲，我也会在心里告诉母亲弟弟病退的事。

　　今年清明节，我们去给母亲扫墓。弟弟提前说："哥，就别再跟妈念叨我病退的事了，你都告诉过好多次了。"我说："你多年有病没上班，母亲最放不下的就是你。你病退的事母亲不知道，母亲一定是带着牵挂走的。我以为你早告诉了母亲。"弟弟说："病退手续办下来的时候，母亲身体已经不支，原想着等等再说，没想到突然就去世了。"我说："哪怕不能说话了，也是能听到的；甚至在母亲咽气的时候告诉她，也不至于……我今天肯定还要念叨，以后也会常念叨。母亲要是真能听到，我念叨一万遍也愿意……"

　　我这么不停地念叨，恐怕也只能是安慰我自己。

红尘有爱

垫着底

入冬前，我跟弟弟说："早些把今年暖气费交了吧，要是你经济有困难，我这里有钱。"弟弟说："怎么还能用你的钱，我虽然拿的是病退生活费，但紧一紧也够花，交水电暖气费更没问题。再说，妈去世后，她老人家银行卡里的几万块钱你们全转给了我。"

我说："妈的钱也没全转给你。"弟弟说："知道。妈的卡里还留了一千五百块钱，你说这钱留着先不动。"我说："这钱我和姐姐也不要，都是给你的。"弟弟说："卡里剩的钱跟暖气费的数额差不多，要不就用这钱把暖气费交了吧。"我说："这钱现在不能动。你要有钱你就交，你要困难我替你交。"弟弟说："那还是我交吧。"

没过多久，弟弟又跟我提起母亲的银行卡，说："哥，要不，还是把妈的卡放到你那里吧；放在我这里，长时间又不用，我害怕哪天把密码忘了。"我说："就放在你那里。你把密码忘了不要紧，我会记着的。"弟弟说："就那么点钱，又不能花，还要费心记密码，你何必多受那份累。"我说："这钱我没想好啥时候用，等以后再说吧。"

母亲去世前，弟弟的病退手续还没办下来。母亲有次半开玩笑地对我说："我要哪天有个好歹，你们可不能让自己的弟弟交不上暖气费挨冻。"我笑着说："不至于到那地步。我也没听说谁家交不上暖气费就挨冻的。再说，就您卡里的钱，交二十年暖气费都够了。"

其实，在母亲卡里留那点钱，我就是心里想告诉母亲，弟弟的暖气费没问题，她老人家的钱一直在还那里垫着底呢。

都是为孙子

母亲去世后，家里要办住房遗产继承手续。按照规定，需要直系亲属一起到场公证。我跟姐姐、弟弟提前约好周五到房产交易大厅碰面。

到了周四上午，我又给姐姐打电话说："姐，咱们下周再去吧。"姐姐迟疑了一下，说："我刚安排完明天的事，你就变时间。"我说："你还有什么事用专门安排，你的头等大事不就是带好你孙子吗。我主要是考虑你方便。"姐姐说："你有事就有事，别拿我找借口。我根本没说不方便。办房产手续也是大事，但你说要改时间，那就依你的改吧。"

周四下午，我又给姐姐打电话说："姐，要不还是明天去吧。"姐姐有些不高兴，说："定下的事情说变就变，你可不是这样的性格。把房产过户给弟弟，是咱们商量好的，你是不是又有想法？"我说："我没有别的想法，我就是觉着明天天气好。"姐姐说："办房产证还挑好日子？你从来都不讲迷信呀。别讲究那么多，明天能办成就行。"

晚上，姐姐打来电话，说："明天的事，你不会再有变化吧？"我说："你不变，我就再不会变。"

第二天，到了交易大厅，姐姐埋怨说："我现在带孙子也不容易，今天来办手续，要提前联系人临时帮着照看。你一天几变，我那孙子让谁看？你也要为我孙子着想。"我说："昨天上午天气预报说今天有小雨，才想改到下周；可昨天下午又预报今天没雨了。"姐姐说："都这么大的人，下雨还不干活了？"我说："我还以为你要带孙子一起来。我也是怕下雨淋着你孙子，他还是我的外孙呀。"

帮奶奶看水

　　雷珂刚满三岁，正是幼稚好动、不让人省心的年龄。奶奶照看孙子十分上心，时刻不让雷珂离开自己的视线。为防止他乱跑出事，奶奶总要让雷珂帮着看住点什么。

　　那天奶奶带雷珂到公园玩。一进大门，雷珂就撒了欢地往前跑，奶奶小跑着追上雷珂，拿出牵手绳，自己拽一头，另一头往雷珂的手臂上扣。"你这孩子，啥时候才能让奶奶省心。"奶奶边扣边说，"这绳子可重要了。你要把它抓好，给我看住了，不能把它搞丢了，要不就被大灰狼领走了，再也见不到奶奶了。"雷珂拽着绳子，拉着奶奶又开始小跑。

　　来到游乐场，不少人排队买票等着入场。奶奶排着队，一不留神，不见了雷珂。奶奶吓出一身汗。冷不丁，雷珂却在身后扯着奶奶的衣服，和奶奶玩了个捉迷藏。"你这孩子，真是不让奶奶省心。"奶奶找了个小凳子放在前面，让雷珂坐到凳子上，"去给奶奶看着凳子，千万不能乱动。要是凳子丢了，你也就丢了，被大狗熊抱走了，再也见不到奶奶了。"雷珂骑坐在凳子上，噔噔地玩起了骑电马。

　　奶奶有些内急，就领着雷珂到了卫生间门口。奶奶想进门，又放心不下雷珂，不停地左顾右盼。雷珂拉了拉奶奶的手，指着外间的洗漱盆说："奶奶，我先帮你看着水龙头吧。"奶奶笑着说："好孙子，总算知道让奶奶省心一次。"奶奶再从卫生间出来时，却见雷珂在门外小水沟里玩水。看着奶奶生气的样子，雷珂做个鬼脸说："有人刚把水龙头打开，水流下去了，我在这里帮奶奶看水呢。"

太阳从西边出来

原来的样子

夫人每次打开我的衣柜，都要埋怨半天。

有一次，夫人把我的衣服往衣柜里放。打开衣柜，夫人摇头说："前天才放好，两天就乱了，从上到下翻个遍。"我说："就昨天拿过一套换洗的秋衣秋裤。"夫人说："可现在根本就不是我原来放的样子。"

还有一次，我打开衣柜找背心，半天没找到。夫人过来，把背心拽出来，说："这都叠好放在这里的，你却把里面翻个底朝天。"我说："背心本来就薄，你折一下放到里面，我不翻哪能找得到。"夫人说："可你看看，这哪里还是我原来放的样子，你也尊重一下别人的劳动好吗？"

为找柜子里的衣服，叮叮当当已成家常，就像吃饭喝水拖地。那天，我翻了半天也没找到要换的衣服；夫人过来一看，生气地说："又翻个乱七八糟。我不管你的衣服了，以后再不要让我找。"

我果真开始自己叠衣服，自己找衣服。我叠衣服的方式和夫人不一样，夫人只叠一下，摊开放到柜子里；我叠两下，厚实些，看着显眼，找着方便。我告诉夫人这样的好处，她没说话。

就这样，安静了一段时间，的的确确安静了一段时间，可我又觉着少了些啥。

那天，我跟夫人说："我有件衣服没找到。"夫人打开柜子，说："怎么改成我以前摆的样子了。这不，就在最上面，你却看不见。"我说："你摆的样子也挺好，少褶皱，我就是学不来。"夫人说："笨手笨脚的。"她开始整理着。

但夫人却整理成我摆的样子。

只是，家里很快又听到了熟悉的话题，比如我把衣服翻乱了，不尊重别人的劳动等等，还是那些老样子的话。

儿子有办法

儿子刚上小学时，我在学校附近联系了一家饺子馆，他午饭在那里吃，我每月结一次账，平时不许他身上带钱。

有一次，儿子从学校打电话来说："爸，学校收三块钱的本子费，上午必须要交。"可我一大早就下乡了。我说："我离市区几十公里，怎么给你交费？要不先跟同学借借吧。"儿子说："你平时都不让我装钱，别的同学就能装吗？"这话让我半天答不上来。儿子说："要不你先别管了，我想办法吧。"他把电话挂了。

感觉有疑问，我又给儿子回电话。我说："交本子钱是老师今天才说的吗？"儿子说："是昨天下午说的。可我妈出差，你昨晚回家时我都睡觉了；今天你又早早出了门，我怎么给你说？"又说得我没了话。儿子说："不用你管了，我有办法。"他又把电话挂了。

后面，儿子再没提这事，我也忘了个干净。月底要到饺子馆结账，我突然想起本子钱的事，心想儿子要是借了同学的钱长时间不还，那可是有问题；要是用不正当方式弄到的钱，更是不可想象。我越想越担心，不觉也就到了饺子馆。老板报了钱数，我却迟迟没有付钱。看我有疑惑，老板说："中旬的时候，你儿子来支过九块钱，说你知道，是给学校交本子钱，让记到他账上。七岁的孩子能想到这办法，以后准是个大老板。"

我却并没有多少欣喜，反倒有更多担心。

我晚上问儿子："本子是三块钱，你怎么支了九块钱？"儿子从书包里拿出六块钱递给我说："你只想到关键时刻让我借同学的钱，就不允许我替同学想办法！"

老伴儿起来了

　　老头子倔，凡事不服输。前段时间，老伴儿半身不遂病在了床上，每天扶她起来坐坐，需要勾肩搭背，使出全身的力气。等把老伴儿折腾起来，自己也就快散架了。老伴儿着急地憋红着脸，他安慰说很快就有好办法。

　　老头子扛了好几根钢管在楼梯上歇息，碰见邻居老王。老王说："伺候病人不容易，没叫儿子回来帮帮忙？"老头子说："儿子大学毕业在省城成家立业，不能说回就回。"老王说："都是独生子女，也难为他们，要有个长久之计呀。你折腾这些冰冷的钢管干啥？"老头子说："我这就为让老伴儿能坐坐。"老王说："嫂子过去对你不错，你可不能委屈了她。"老王很疑惑地给老头子让了道。

　　老头子家叮叮当当的响声惊动了社区领导。那天社区主任带着民警敲门，老头子开门时还举着扳手，主任后退了好几步。主任说："老爷子，阿姨的病有啥需要帮忙的？"老头子说："你们已经尽了力，可养老院跟请保姆费用差不多，我们俩的退休金全搭进去也才勉强够。"主任说："您家里动静太大，对阿姨恢复身体也不利。"老头子说："我这就是为让老伴儿能坐坐。对不住大家，很快就完事了。"民警想进门，但老头子两手紧抓着门框不放。

　　老头子关上门，又一阵紧敲打，这才长吁了一口气。他在老伴儿的床头架了三脚架，拉着吊链，把老伴儿的上半身徐徐拽了起来。老头子边拉边兴奋地喊着："起来了，起来了，能坐起来了！"老头子当过多年钳工，干这活本来就轻车熟路，只是退休这些年没操作，有些生疏了。

送月亮

那天，老李带着四岁的孙子宜轩来到书店，买了宜轩想要的画书。老李说："宜轩，拿到画书开心吗？"宜轩说："谢谢爷爷，很开心。"老李说："宜轩从小爱看书，爷爷也很开心；以后想要书，告诉爷爷，爷爷给你买，要多少买多少。"

老李又突然想起，对孩子的教育，从小要让他知道，不是想要什么都能得到的。老李就说："当然，人不是想要什么就能得到什么的，你也不能要不该要的东西，就像你常说想要小汽车，这就有难度。"宜轩说："这有什么难度呀，满街都是小汽车。"老李说："小汽车不是几块钱能买到的，等你长大上班挣了钱才能买。就是现在有车，你也开不了，你年龄太小，坐在车里连方向盘都够不着。再说，开车还要有驾照。"宜轩很懂事地点着头，说："知道了，我听爷爷的。"

老李又说："还有的东西，想要也根本得不到，花多少钱也买不到。"宜轩咯咯笑着说："哪有那样的东西呀。"老李认真地说："像天上的月亮，就根本不可能得到，你非要不可，那就是跟父母过不去，跟爷爷过不去，也是跟你自己过不去。"宜轩说："爷爷您常说，碰到不可能的事要多动动脑筋。"老李说："要月亮这样的想法，再动脑筋也没用。"宜轩噘着小嘴，不再吭声了。

晚上，宜轩端着个水盆到老李的房间，老李说："都这么晚了，还不睡觉。不要再玩了。"宜轩说："我是来给爷爷送东西的。"老李说："别瞎闹，送什么？"宜轩把水盆放到窗前的桌子上，说："送月亮。您看，月亮就在盆子里。"

当了妈就不一样了

这事有四十多年了，那时，我大约有六七岁。

有一天，吃过早饭后，我端着碗里剩的一点煮地瓜干去喂狗。还没走到狗窝跟前，母亲赶上一把拉住我说："你不能过去，小心别让它咬着你。"我说："我是给它喂食，它咋会咬我呢。"母亲说："喂食也不行。这两天我喂它，你不能到跟前去。"我说："平时天天喂它，从来也没咬过我，现在咋就咬我了呢。"母亲说："平时是平时，现在是现在。说不让去就不能去，你站在这里别动。"

母亲喂狗回来，朝我笑了笑。我说："娘，好几次它和邻居家的狗咬仗，我都冲上去护着它，它咋会说不认就不认我呢。"母亲说："你对它好，它全懂，要不还能整天围着你的屁股转？上次你表哥到咱家，跟你吵了两句嘴，它还朝人家叫唤不停。但现在不行，这两天不行，它现在可能谁都不认。"我说："昨天吃晚饭时还好好的，没等我走过去，老远就摇尾巴，眼睛直看着我端的饭碗，怎么今天就会咬我？"母亲说："昨天是昨天，今天和昨天不一样。"

母亲招呼我进屋，笑着说："咱家的狗昨夜下崽了。现在谁到它跟前都不行。刚才我去喂食，它还龇牙瞪眼，紧盯着我的举动。"我有些生气地说："下崽有啥了不起，还说翻脸就翻脸。"母亲说："傻孩子，它这是怕别人伤害它的崽子。动物和人一样，当了妈就变了。上次村里在麦场放电影，挤来挤去就见不到你了，妈大声喊着找你。妇女队长嫌我影响别人，让我小点声。我当时急了眼，不也把她骂了一通，我俩平时像亲姐妹一样。"

踩刹车

老院子离我们现在住的房子有六站路。开春后，夫人在老院子辟了点地方种菜。

有一次，我们去乡下走亲戚，回来已经很晚了，夫人还要去老院子给菜浇水。我说："今晚就别去了，明天上午浇水也没多大影响。"夫人说："现在是夏天，天气这么热，半天地就干透了。明天大白天浇地，那么毒的太阳，还不把菜给烧死。"我说："那就明晚浇也行呀。"夫人说："两天浇一次水，三伏天的，菜能受得了？再晚也要去，今日事今日毕。"夫人坚持去浇水，回来时已没了公交车，坐出租车回的家。

那次好友家办喜事，夫人去帮忙，回家后坐在沙发上自叹道："也没干多少活，一天下来骨头都快散架了。"夫人犹豫半天，还是起身要去给菜浇水。我说："毕竟岁数也不饶人，今天就别去了。就那么点菜，少浇一天也没啥，还是身体重要。"夫人说："吃的时候你咋不嫌多。再累也要去浇水，啥事都不能凑合。"夫人浇完水回来，连每天必看的电视连续剧都没看，就直接上床睡了。近半年的时间，夫人对那点菜可谓上心，除了雨天不去，平时再忙再累再晚都要去侍弄。深秋，蔬菜拉秧后，夫人那天从市场买菜回来，感慨道："总算松了一口气。别看就照顾那几棵菜，就像开车上了高速路，几个月下来紧忙乎，比上班还累。"我说："你的初衷是退休后找点乐趣，调剂一下生活，最后却把消遣当成工作，不但上了高速路，还进了快车道，肯定比上班还累。工作几十年，突然退下来，也需要不断适应，适时换挡踩踩刹车。"

朋友圈

驻村没多久，我去赶巴扎，老远就看见村民阿依夏大婶在摆摊卖鸡蛋。她旁边放了个小篮子，前面一方蓝布上摆了五六个鸡蛋。她只顾和左右两位妇女聊天，我到跟前她都没发现。

"阿依夏大婶。"我重复了一遍，其中一位妇女给她递了眼色，她才意识到有熟人，抬头笑着和我打招呼。我说："阿依夏大婶，我买十五个鸡蛋。"她看了一眼篮子，说："你们大老远来驻村，辛苦了。还买别的吗？"我说："还到里面买些菜。"她说："那你回头再来拿鸡蛋吧。多转转，不着急，我不走。"

半小时后，我回到阿依夏大婶跟前。那两位妇女也还在，她们还在不停地说笑着。我说："大婶，我拿鸡蛋。"她说："十五个不多吗？还是现吃现买的新鲜。"我说："工作队也好几个人呢。"她似乎有些不情愿地把鸡蛋逐个往塑料袋里装。

看看篮子里没剩几个鸡蛋，我说："大婶，干脆我全要了，正好我有车，你也一起坐上回吧。""不行不行。"她下意识地护了一下篮子，很快又不好意思地笑着说，"不用照顾我，一会儿卖完了我自己就回去了。"她挥手送我，而后她们三个人又开始聊上了。

傍晚时分，我在村委会门口碰见阿依夏大婶，她才从巴扎回来。我说："下午把鸡蛋全卖给我多好，那样你早回来了。"她笑着悄悄对我说："和我在一起卖鸡蛋的那两位是邻村的，几十年的老姐妹，平时都忙，有阵子没见了，约好今天一起赶巴扎，摆几个鸡蛋凑在一起聊聊天。你要是全买了，我怎么还好意思一直坐在那里闲聊。我也有自己的朋友圈。"

老领导

　　那天，我正在开会，手机屏亮了，是隋局长来电话，我出会议室接听。隋局长沙哑着嗓子说："小李，你那里有薄皮核桃吧。"我说："有有有，很快就给您送过去。我知道您在住院。"隋局长是我的老领导，已经退休二十多年，我有大半年没去看他了。

　　开完会，我提着三盒核桃来到医院。隋局长躺在病床上，看着天花板。我到隋局长床前，轻声说："您最近好吧？我把核桃带来了。"隋局长说："你也挺忙吧，好些日子没见了。王亮上午来过，赵华在南疆驻村，刘江年纪不大却得了那病……"我插话说："这核桃口感很好。"隋局长继续说："张阳出差，下星期回来。"我说："他现在是单位主要领导，更忙。这核桃销量也好。"

　　隋局长又看着那几盒核桃，说："我想把核桃给我妹妹寄去。我妹妹在贵阳，咱俩那年出差去见过，她还招待我们吃了饭。那年她四十六岁。"我说："一晃三十年了，我印象很深。您把具体地址告诉我，我去寄。"隋局长没说话，也没给我地址。他微闭了一会儿眼睛，示意我回去，说："谢谢你来看我，还带了那么多核桃。"

　　三天后，接到隋局长去世的消息。后来，隋局长夫人告诉我说："最后半个月，状况时好时坏。那天突然来了精神，念叨着不少老熟人的名字，又给你们好几个老同事打电话。给王亮打电话，说想吃他们酒店的馒头；给赵华打电话，说想吃他楼下的羊杂碎。其实老隋那时根本就吃不进去那些东西，想必他有预感，就想最后再见你们一面吧。"

根子还在我

老李大老远到儿子家看孙子，进门总要先去阳台，再进厨房打开碗柜找姜窝子。

有次进门后，老李去阳台看到窗子开着，就生气地把窗子关上。儿子说："大夏天的，你把窗子关上，家里多闷热呀，谁能受得了。"老李说："你们住的是二十层高楼，阳台窗子平时不能开。冷点热点算什么，难道比性命还重要？"任凭儿子怎么说，老李却表示没有商量的余地。老李又到厨房打开碗柜，把姜窝子拿到最上层才算了事。

又一次，老李进儿子家门看到孙子在阳台上玩，就一下冲到阳台，把孙子抱进了屋里。老李又到厨房打开柜子，说："姜窝子怎么没了呢？"儿子说："在柜子最底层的老里面呢。"老李说："老里面也不能放，我的话你们就是听不进。"老李又把姜窝子放到了柜子的最上面。

几次后，老李的这个习惯，孙子已经熟悉了。老李再去，孙子就会说："爸爸知道爷爷来，把姜窝子放到最高处了，阳台的窗户也关上了。"儿子对父亲很无奈，儿媳妇也是不高兴，把姜窝子放那么高，用的时候还要站在凳子上才能够得着。

那天，老李走后，儿媳妇又埋怨说："爸每次来都这样，简直就是神经质，也把我们大家都搞成了神经质。"儿子说："这也不能完全怪爸。我像咱儿子这么大的时候，曾经把捣蒜用的姜窝子锤，从家里七层楼的阳台上扔了下去。楼下有两个人正在下棋，石锤就从那两个人脑袋之间砸了下去，把三合板的棋盘都砸烂了……这事过去都快三十年了。父亲这样子，其实根子还在我。"

你想要什么

　　小周在南疆县里工作，平日工作很忙，媳妇带着儿子宇则在首府居住，小家庭聚少离多。宇则不满四岁，很机灵。小周常在晚上和宇则用手机视频，问宇则最多的是想要什么、还缺什么。

　　有一次，小周跟宇则在视频中聊了一会儿，说："儿子，你想要什么？"宇则说："我想坐电动车。超超上周末到公园坐了电动车。"小周说："这么着吧，咱把电动车搬回家，天天可以玩电动车。这个周末就可以给你送到家。"宇则等到周末，果然收到了快递公司送来的电动车。

　　又一次，小周跟宇则在视频中又说："儿子，这回你想要什么？"儿子说："我想滑旱冰。豆豆每天都在滑旱冰。"小周说："这好说，我给你买最好的轮滑鞋，用不了几天就可以送到家。"果然没几天，宇则收到了父亲在网上订购的轮滑鞋，还和豆豆一起进了学习班。

　　小周还先后给宇则快递过智力玩具、红枣等等各种好玩好吃的。小朋友们都非常羡慕宇则，但宇则似乎还是有些不满足，并没有显出多么开心。

　　小周有次到外地出差路过家，正赶上五一小长假。小周提前跟宇则视频说："儿子，爸爸很快就到家，这回你想要什么？"宇则说："你到家再说吧。"小周到家后，想着单位节假日值班的事，就打算在家待一天，提前到南疆。小周当晚又问宇则："儿子，这回到底你想要什么？"宇则不答话。小周说："缺什么就说什么，只要不过分，明天爸爸尽量满足你。"宇则犹豫了一会儿，说："缺爹。"小周脑袋一阵懵，立马退了票，在家休够了小长假。

改毛病

老胡儿子儿媳回来过年。那天，胡夫人提议逛街。出门没走几步，胡夫人一只脚踏上了窨井口，也是老胡手疾眼快，一把扶住了夫人，她的手机却扔出老远。老胡对儿子说："快把手机拿来看看有没有摔坏。"胡夫人说："我要是掉下去，可能腿都断了，你却心疼手机。"老胡说："你把手机看得比命都重要。"胡夫人说："我走路玩手机不假。可你没玩呀，有危险咋不早提醒我？"老胡看着儿子儿媳说："你们听，这叫什么话！"儿子儿媳苦笑不语。

巷口刚拐弯，一辆轿车突然在胡夫人跟前急刹车。老胡和夫人几乎同时"啊"了一声。保险杠贴到胡夫人的裙子上。司机跳下车，到前面看了看，对胡夫人说："您走着路还玩手机，路都走斜了。您不能害我，我家里上有老下有小的。"胡夫人气愤地说："我还没找你的事，你倒说起我来了。就算我走路玩手机，我没看见你，你难道也没看见我吗！"老胡赶紧拽了拽夫人，又示意儿子儿媳，绕过车走了。

老胡对夫人说："你这么玩手机，早晚把命也得搭上。"胡夫人说："现在男女老少都玩手机。别人能做的，我凭啥做不得。"老胡看着儿子儿媳说："不可理喻。我是没招了，你们看有啥好办法吧。"儿媳说："妈要是能带头，我们保证以后也不玩手机。"儿媳拉了拉儿子的衣服。儿子赶忙说："要是妈不再玩手机，我也能做到。"胡夫人和儿子儿媳拉了钩。

儿子儿媳回去后，有一天，胡夫人跟老胡说："你那两招儿还真灵，儿媳妇电话告诉我，儿子现在不怎么玩手机了。"

不打电话

　　有一次，我和老张一起出差。刚下飞机，老张就开始打电话。我把两个人托运的行李放到行李车上，他才打完电话。老张说："不好意思，打了几个电话。特别是老母亲那边，报个平安。老人家唠叨个没完，千叮咛万嘱咐，还把我当个孩子。"我说："岁数再大，在老人跟前都是孩子。"老张说："咋没见你打电话。你的老母亲也上岁数了。"我说："刚才我给妻子打过电话。就三天时间，母亲那边就不打了。"老张看着我，半天没说话。

　　又有一次，我和老王一起出差。到第三天，我给母亲打电话说："妈，我在外面出差，明天就回去了。"老王说："好宽的心呀，要回去了才给老母亲打电话。打个电话几分钟的事，也花不了几个钱，要让老人放心。"我说："我下飞机后给妻子打过电话。"老王说："妻子是妻子，母亲是母亲，不能代替的。"老王摇摇头，快步走到我前面去了。

　　同事们对我出去很少给母亲打电话都不理解。其实，我也是用心良苦。母亲早一天知道我在外出差，就多一天的担心。出差三四天不打电话，母亲反倒少些惦记。

　　那次到外地学习，要出去大半个月。刚满一周的时候，我也憋不住了，就给母亲打了电话，又让妻子多去陪陪母亲，免得母亲担心。

　　妻子很快回电话说："前几天咱俩说你外出学习时间长的事，妈都听到了，妈说怕你惦记她，就没在我跟前问起你，还让我不要经常给你打电话，怕你分心影响学习。"

职来职往

这里面有关你我他的故事，我无意中就掺杂了自己的评价。

一模一样

侄子在我开的骨头汤店学了半年后，回去也开了自己的店。

那天，侄子来电话说："叔，我这店开两个多月了，生意还是平平淡淡，和您的店比简直是天上地下。"我说："质量是关键，质量不好难招客。"侄子说："原料是我亲自精挑细选，技术是您亲自传授，操作规程掌控严格，质量一点都不敢含糊，可以说和您店的质量一模一样。"

我说："要不就是分量少？分量问题至关重要，一碗饭要能让大多数人吃饱。"侄子说："盛饭的碗和您店里的一样大，碗的牌子也一样；客人碗里的骨头能堆成小山，还可以免费加汤，等于花一份钱吃两碗饭。我把在您那里学的东西全用上了，和您店里的做法一模一样。"

一周后，我来到侄子的店里。侄子说："叔，现在就差把您的店牌挂在我这门头上了，俩店一模一样。"我绕着周边转了两圈，对侄子说："价格有问题。"侄子说："价格和您店里的也一模一样，十八元一碗。"我说："降一块钱保准好，不信你就试试。"侄子挠头说："那就试试吧。"

半个月后，侄子来电话说："叔，生意果然一天比一天好，赶在饭点上还排队。降一块钱有啥讲究？"我说："一块钱大有讲究。我这边的顾客喝骨头汤习惯吃花卷，你那里的顾客都在隔壁店买个馕。俩馒头两块钱，一个馕三块钱。在我这边吃顿饭二十块，到你那里就变成了二十多。表面看顾客多花一块钱，其实心理影响远不只一块钱；还有找零、带零的麻烦，等等。开个小饭馆也要常琢磨。你说一模一样，我觉着还差十万八千里。"

端平别撒了

20 世纪 80 年代初，我刚参加工作时，被分配在门市部调味组当营业员。那时，酱油醋还是散装，用提子打。门市部安主任，是个老商业。有一次，我给一个顾客打酱油，待顾客走后，安主任过来抓住我的手，又打出一提子酱油，停在缸口。安主任说："要把提子拿平了，不能斜，要不分量就不足。瓶子是透明的，多少都瞒不过人。"又一次，我给一个顾客打醋，顾客刚出门，安主任就过来跟我说："像你这样，可就卖亏损了。提那么快，提子外面还挂着一层醋，你全倒进去，都溢出瓶口了。"我没反应过来。安主任打出一提子醋，停在缸口，说："提子不但要平，还要稳，不能太快。"

下班后，安主任召集我们开会，以打酱油醋为例，讲了老半天。安主任说："打酱油醋的关键是端平提子别撒了，做什么事都一样。"后来，工作多次变动，我一直与安主任保持联系。再后来，我当了经理，逢年过节也都去看望安主任。有一次，我去安主任家，没等我开口，安主任就说："你记得我讲过打酱油醋的事吗？"我说："一直刻在脑子里，但有的事不那么简单。"安主任说："可你不那样做，就会更麻烦。"话还没进入正题，安主任说想早点睡，我就告辞了。

一个月后，我又到安主任家。我说："职工房子分完了。您儿子的分数，比最后能分到房的少 0.5 分，没分上。我向您道歉。"安主任说："上次你来，不年不节的，我就看出了你的难处。当时儿子在家，我不便直说。打酱油醋的确没人际关系复杂，但却是最能服众的。"

年底的交代

工作队驻村一年，队员们能有个业余爱好很重要，我督促小刘好几次。

初夏的时候，我对小刘说："看看老王，业余写作，计划年底出书。"小刘说："那是人家多年的爱好。再说，我最近也忙，静不下心来写东西。"我说："你就忙着抱个手机玩。我可给你提个醒，培养积极向上的业余爱好是纳入全年工作考核的，年底要有个交代。"小刘有些不好意思地说："一定想办法给个交代。"

深秋，我又提醒小刘说："看看小张，原来吉他都不会拿，上星期竟从乡里拿回了个优秀奖。"小刘说："我也一刻没闲着，比小张弹吉他还下功夫。"我说："现在除了晚上玩手机，连吃饭的时候也没闲着。年轻人有时间要多学点东西，艺不压身。年底的交代你别忘了。"小刘有些吞吐地说："争取有个交代吧。"

再往后我就懒得过问了，心想，反正是业余安排，别给我惹事就行。小刘似乎还是一如既往。

驻村快结束的时候，那天吃过晚饭，我正起草工作队总结，想着将队员们的业余生活如何简单概括一下。盛丰农民专业合作社的理事长给工作队送来一面锦旗。理事长说："我早就想来表示感谢，可是小刘同志说工作队领导知道，这事对他来说也不是难事。他帮合作社优化网站后，还一直业余帮着在网上推广干鲜果，今年销售大增。"我喊着找小刘。理事长说："他刚又到了合作社，说你们快回去了，再把骨干们培训一下。"

真没想到，理事长替小刘作了最好的年底交代，当然，也成了工作队给村民的一个很好的交代。

太阳从西边出来

大干部

一天，小付来找我，向我吐苦水：他当了社区干部之后才发现，辖区住的人都比他官大。

第一次家访联系户，小付敲了门。"谁？""社区干部。"小付亮了工作证，被让进门。他问户主姓名、职业、职务。对方一一报着。他问："您的这个主任是什么级别？""正科。"第一家户主就比自己级别高，他感觉有点儿头大。他想，社区主任才是副科，自己都要随时汇报工作，这是正科，那以后还怎么去管。他匆匆问了几个问题就走了。

家访第二家联系户，小付敲了门。"谁？""社区干部。"小付亮了工作证，被让进门。他问户主姓名、职业、职务。对方一一报着。他问："调研员是个什么级别？""正处。"级别显然比正科还高。小付张不开口往下问，反而被对方问了老半天。

我向他面授机宜。之后小付家访联系户，他敲了门。"谁？""社区工作者。"他亮了工作证，被让进门。他问户主姓名、职业、职务。对方一一报着。"您这个组长是什么级别？""副厅。"对方反问："小伙子，你是什么级别？""社区工作者，不论级别。"组长犹豫一下说："那我也归你管了？""服务，服务。"小付客气着。对方也客气着。

职来职注

小付的干劲越来越足了，辖区级别再高的官也都听他的，他真正成了个大干部。

说风就来雨

小王做事认真，科长交代的事，从来都赶早不赶晚。

有一天下午，临下班的时候，科长把小王叫到办公室，说："近期座谈会上刘总有个发言，需要我们业务口提供个代拟稿。这材料还是由你来起草。"小王说："啥时候要材料？"科长说："今天是周三，主任的会议在周五。你还有时间，写完交给我就行了。"小王回家扒拉几口饭，熬了一个通宵，第二天一早，把材料交到科长的手上。科长说："这么快就写好了。也好，主任常常说风就来雨。"

又一次，科长要带小王去调研。科长早上给小王打电话说："你就不要到单位去了，在你家大门口等我。我坐车路过，正好把你拉上。"小王立马出门，在路边等了近一小时，科长的车才到。调研结束后，先送科长回家。到科长家楼下，科长半天没下车。小王说："科长，我回去起草个调研报告，回头交给您。您还有什么吩咐吗？"

科长说："先不说这次的报告。昨天安排给你的月度市场情况分析，你好像还没交给我呀。"小王说："昨晚已经快写完了，本来早上整理一下就给您的。可是您一个电话……我在楼下等的时间长了，所以还没整理完。您昨天说不用太急。"科长说："我早上不让你到单位，就是有意给你留时间，你却站在大街上浪费时间。主任刚才电话催呢，他可说风就来雨。"

小王说："上次您也是顺道拉我，您的车到的时候，我跑步到楼下，您却不高兴地说，领导每次跟您约时间，您可都提前老早就等着的……科长，我中午加个班就好了，看这天气，又要下雨了。"

太阳从西边出来

硬 茬

夏波在外地出差，接到通知，让立即回总部开会，部门有人事调整。这事吴副总曾经给夏波打过招呼，他主管的部门负责人岗位空缺大半年，把夏波推荐上去了，让夏波有个思想准备。夏波急忙拦了辆出租车往机场赶。

听说夏波要到机场，司机的话匣子就打开了："过去我就烦着去那地方，没熟人他们欺负你。停久了不行，起步慢了也不行。干点什么都靠关系，就看谁的茬硬。"司机斜了夏波一眼："风水轮流转，有个远房亲戚的朋友两个月前调到那里负责，我也可以挺着腰板进出了，他们老远就会给我打招呼。"

夏波心里想着明天的人事调整，边听司机的话边打着明天的腹稿。说话间到了机场。果然，管理人员五十米开外就认出了这辆车，急忙打着手势，迅速把前面的出租车支出了老远。

"瞧这阵势。"司机直了直腰。夏波受宠若惊，整整衣服，准备庄重地下车。可管理人员又一反常态，使劲摆着手，让司机继续往前开。后面来的一辆出租车却停在了门口。

"一定是个硬茬。"司机红着脸说。

第二天回到总部，人事部门宣布了新的部门负责人。夏波准备的腹稿并没有用上。散会后，吴副总拍拍夏波的肩膀，悄声说："是个硬茬，你要想得开。""我有准备。"夏波笑了笑说。"谁提前告诉你的，这事可一直保密着，连我都是今天才知道的。"吴副总惊讶地看着夏波。"司机，送我到机场的司机。"夏波说。"知道这事的司机送你，你的茬也不软呀，可怎么就……"吴副总叹口气，遗憾地说道。

以隋总的时间为准

小牟是经理办公室的新秘书，服务各位老总时处处谨慎，可还是自我感觉不到位。这天，小牟跟兰总参加一个会议，他提前到兰总家门口等着。可开会的时间到了，兰总才慢悠悠出门。

小牟说："兰总，现在已到开会的时间，等我们到会场起码要迟到一刻钟。"

兰总笑笑说："来得及，来得及。"

到了会场果然会议还没开始。兰总进场招招手，立刻回应来一片掌声。小牟想，或许那时大家正想兰总，而兰总又恰在此时出现，那掌声好像是在称赞兰总来得正是时候。兰总落座，主持人宣布会议开始。相比自己的表，还是兰总时间准。

一次，又跟兰总去边远地方出差。兰总与一个老同学酒兴正浓。小牟提醒兰总该出发了，再晚就赶不上最后一班车，要误行程了。兰总顺手拨了个电话，对小牟笑笑说："赶趟。"到了长途车站，汽车真的没启动，小牟的表却显示已过了一刻钟。直到两个人入座，汽车才匆匆上路。小牟埋怨自己的破表，在兰总跟前简直就是块多余的铁疙瘩。

按照兰总的节奏，小牟把表针回拨了一刻钟，月底却被单位扣了出勤奖。小牟很委屈地辩解着，自己是照着兰总的时间调的表，兰总的时间很准。但主管核对了考勤机，告诉小牟奖金没有补发的余地。

那天兰总开会回来把小牟劈头盖脸训了一顿，嫌他没提前提醒自己，开会迟到了。小牟说："还是按照前几次的习惯时间呀。"兰总说："这可是集团公司的会，主持人是我的上级隋总，和前几次怎么能一样！"兰总斜了小牟一眼，"这要以隋总的时间为准。"

太阳从西边出来

不能没有他

开完会，按议程要有冯总参加的合影，可偏偏冯总参加上面的会议不能按时到场。不过有消息说冯总已经在往回赶，老陈安排大家先站好等着。参会人员站在合影架子上等了近一个小时，冯总却还没到场。有人有事等不及，提议在场的人合个影就算了，不要专门等冯总了。

"不能没有冯总。"老陈说，"开幕式说好的冯总要来讲个话，因为有事没来成。闭幕式说好的要来给大家鼓鼓劲，因为有事也没来成。要是合影也没有冯总，那还怎么证明冯总也出席了我们的会议？大家回去怎么向自己的单位汇报会议精神？我们还怎么写会议信息？冯总还怎么写年底的述职报告？这个会议的召开还有多大意义？"

"不能没有冯总，"各位参会人员大多也达成了共识，"合影里没有冯总，谁知道你参加会议是真是假？是不是参加了行业有重要影响的会议？年底检查考评缺少图文资料是不是要给大家扣分？没有冯总参加的合影，谁知道是不是你们随便纠集了一帮乌合之众在造假？"

议论间，不知不觉又一个小时过去了，有代表汗流浃背，有参会人员反复下架已经去了三四趟厕所。前方又传来信息，冯总因事天黑前赶不回来了。老陈紧急与摄影师耳语几句，就招呼大家说可以合影了。有代表问冯总没到怎么合，摄影师说小事一桩，一周内肯定能收到有冯总参加的合影。摄影师在第一排中间摆个空位，唰唰唰一连拍了好几张，第二天又专门让冯总一个人坐在椅子上补拍了一张，往合影里一插，大家收到的果然是有冯总参加的合影。

以后要注意

据说范总酒量超大，但酒前酒后判若两人，酒后一些事能忘个一干二净。

那次范总正喝着酒，我打去电话。我说："范总，刚接到通知，明天总部有个会要您参加。"范总说："你把信息发到我手机上吧。"我很快就把信息发了出去。

过一会儿，范总回电话，说话已经开始倒嘴。范总说："让你小伙子发个信息，咋就这么慢。"我说："已经给您发过去了。"范总说："你小子不实在，快快把信息发过来。"我说："是，这就再给您发过去。"我又把信息发了一遍。

过一会儿，范总又回电话，这回感觉说话舌头硬。范总说："叫你发，你就痛快地发，难道你喝醉了酒不成。"我说："好。我现在再给您发过去。"我又把信息发一遍。

反反复复，我给范总发了六遍信息。后半夜了，范总总算没再来电话。我却还在等范总的电话，一夜没睡着。

第二天中午，范总开会回来，有些生气地对我说："小伙子，就是开个会，你一晚上竟然给我发六遍信息，让我一夜都没休息好。"范总又拍了下我的肩膀说："小伙子，是不是昨晚你喝多了，以后要注意呀。"

你就照着那样说

我刚进办公室，科长看着我说："新理的头发。这个头型很好，不光时髦，看着也精神。"我说："一开始我还怕太显眼。科长这么说我就放心了。"科长说："好的个人形象也是体现维护集体形象，有大局意识，值得赞扬。"

赵强也进了办公室。科长说："赵强今天换了双新皮鞋，显得人也更帅气。"赵强说："科长这么说，我一下没听出来是赞扬还是批评。"科长说："这鞋子穿着大气，也能体现出一个人的追求。你脚踏实地，在理论和业务方面都有长足的进步，各方面做到了与时俱进。"

张勇听到了科长的话，有些不好意思地说："我还是和原来一样，没有更新什么。"科长说："你朴实无华，乐于助人，廉洁奉公，团结同志，赢得了大家的尊重。"

科长把几个科员挨个都夸了一遍。科长周一上班就这么夸人，还是少有的，也叫人心里很舒畅。科长说："上班时间也到了。我是利用上班前跟大家开开玩笑，提提气氛。我们要充分看到自己的长处，不断总结这些长处，发扬这些长处，以便更好地进步。"

没两天，单位拟提拔一名副总，上面来人考察现任中层负责人。科长在单位的呼声很高。

科长对我们说："大家有再忙的活也得先放下，一会儿上级部门领导要与大家谈话，每个人都要说出自己的心里话。"我说："我们干活还可以，见领导就发怵，上不了台面，不知道怎么说。"科长有些生气地说："有什么难说的，你就是再不会说，照着我周一说你们发型皮鞋衣服那样的话说也不会吗？"

奋起直追

刘干事是我们驻村的联络员。刚进村，刘干事就交代说："按照要求，你们要先开好六个会。"并反复强调会要迅速召开。

第二天，我入户走访，记了一大本问题、意见和建议，准备回去整理。路上碰上刘干事。刘干事老远就招呼："刚参加完二大队的党员干部大会，明天还要参加他们的村民见面会，快拉不开栓了。你们明天开不开？"我说："等等吧，现在对村情不了解，开大会不成熟。"刘干事掐着指头算着说："六个会呀，要抓紧，和上面要求保持一致，别落在别的工作组后面了。"

第三、四天我继续走访，又记了一大本建议。路上又碰到刘干事。刘干事小声急切地对我说："李组长，别的组都发好几期信息了，六个会也过了半，你要抓紧呀。"我说："农忙季节，走访都是到的田间地头，这么多会怎么开呀。"刘干事作揖道："李组长，阶段性任务没完成可是要扣分的。扣了你们的，也要扣我这个联络员的，求你了。"

十天后，我邀请刘干事参加村里的大会。刘干事说："总算等到你们开一次会。你还真能憋得住。"我笑笑说："开早了说话心里没底，现在又是春耕，我们今天六会合一了。"大会效果很好。刘干事发言也表扬我们组提出的计划好，很切实际，得到了村民的高度认可。刘干事握着我的手说："还是你老李基层工作有一套。"他又话锋一转，"但你们没按照要求及时开六个会，本月工作进度要扣分的。你们可要奋起直追，后进赶先进呀。"

诀 窍

我和范股友是参加股票学习班认识的。

有一次，范股友对我说："天地股份熟悉吧，最近我在这股票上狠赚了一把。"我说："这是胡老师月初推荐的股票。推荐后，第二天涨了一下，但过后就一路跌。我就是那时买的，前天割肉全抛了。"范股友笑笑说："你还没领会胡老师教的诀窍。我已经参加第二期了，胡老师让我摸到了炒股的门道儿。"

又有一次，范股友跟我说："深海股份你还有没有，要是有的话，该清仓了。"我说："胡老师刚说这股票要创新高。你听错了，是让买，不是卖。"范股友说："你要相信我，是卖。我是领会了胡老师教的诀窍的。"

我坚信自己没听错，又买进不少深海股份的股票。没几天，深海股份却开始大跌。

那天碰到范股友。他说："你最近可没去听胡老师的课。"我说："我对胡老师失去信心了。每次听他说的也在理，但没有一次盈利过，最后他还绕个圈说是我们操作不当。"

范股友说："我开始也和你一样，经历几次就找到诀窍了。"看着我一脸懵懂，范股友说："那次天地股份，我原本手头就有一些，胡老师推荐买进时，已经涨到很高了，我听完推荐就全卖了。深海股份，我知道你有，就建议你在胡老师推荐后卖掉。"我说："那样做就和老师说的不一致了。"

范股友笑着说："这就是诀窍。我有次无意中知道了胡老师与某庄家操盘手熟悉。此后，我就更加认真听胡老师的课，但操作时多是慢半拍，或者快半拍，或者干脆反着来。十有八九都盈利，不信你试试。"

摇头太难

退休离开岗位那天，单位为老周小范围开了个欢送会。刘总评价老周说："老周是个实在人，工作任劳任怨，凡事从没摇过头。"又轻轻拍了老周的肩膀两下，"也要学会摇头呀，该摇头时一定要摇头。"老周点头说好，刘总摇头哈哈大笑。看到刘总摇头时那么自然潇洒，老周决心学会摇头，并且畅快大方地摇一次头。

回到家，夫人做了饭，问老周味道如何。老周摇头说有点咸、缺鲜味。夫人眼睛一瞪说："都吃几十年了，这会儿却挑口味了。以后退了休时间多了，想吃什么自己做，我伺候不了。"老周第一次摇头就撞了墙。

社区在评选卫生红旗小区，征求居民意见，老周摇头说小区垃圾清运管理还很不到位。事后小区物业经理对老周的摇头十分不满："你们有几家是把垃圾倒进垃圾箱的？哪家不是在好几米之外随便一扔了事？还不是我们再捡到垃圾箱里去！"经理也摇着头："你们一摇头把我们否定了，有本事谁来管两天试试。"

那天刘总托人带话，有意返聘老周回去工作。想想退休后的诸多不适应，老周立刻就点了头。

刘总说："老周，说心里话，你走后我还真有些不适应。这样吧，从今往后，你虽在编外，还干原来的事。"老周点头称是。刘总很快把一份材料初稿递给老周，让他再把文章搞扎实点，确保体现出业绩三年翻三番。老周粗看后使劲摇着头，心想这样的目标也就是个文字游戏。刘总很诧异："老周，离开没几天怎么就不是以前的你了，跟我说话还摇头？"

不吃咋办

晚饭后常到公园散步，认识了老范。老范见面第一句话总要说："中午吃了那么多，不锻炼那是要出大毛病的。"

那天老范和我边走边说："中午手抓肉就吃了有一公斤，还有荤菜、素菜、主食，害得连午觉都没睡成。"我羡慕地说："能吃可不是坏事呀，能吃能干能消化，那可是人生的幸福事。"老范停下脚步说："哪能消化得了。不过要是把晚饭合并算到中午，那还是能说通的，这也是我晚上一般不吃东西的原因。"他拍着肚子，"这不，到现在还鼓鼓的。"老范颇显无奈："唉，做都做了，不吃咋办。"

有次老范埋怨道："今天中午的红烧鱼、清炖肉、四喜丸子，倒都是我平时爱吃的，可也害得我晚上连水都喝不下了。"他又拍拍肚子，说："这样下去的确要得病的。"我说："吃饭讲个七分饱，身体可是自己的。"老范还是无奈地叹气说："早早都做了，不吃咋办。"

时间长了，我发现老范其实也并不是每天都大鱼大肉，逢周六、周日是必吃素的，甚至大多数周六、周日干脆也不到公园散步了。我问老范："这一定有什么讲究吧。"

老范很认真地说："也算荤素搭配吧。"我说："荤素间隔那么长，还那么集中，搭配也不科学合理呀。"老范笑着摇头说："平时中午吃的那是单位食堂，自己做不了主，不吃咋办。大家都吃，我也没法例外。好在一顿饭个人只付一元钱。钱虽不多，可剩多了也是浪费，于公于私都不利呀。"

包还没到

　　我平时出去工作习惯带个公文包，而且从不离手，包里有本子、笔，等等，方便随时查资料、记东西。

　　刚当科长没几天，我和刘科长到张庄公干。一下车，村委会张副主任来拿我的包。我躲闪着说："里面没有金子没有钱，你要它干什么。"张副主任愣了一下，有些尴尬地说："您是下来指导工作的，哪能让您自己拿包。"我说："我习惯自己拿包。"张副主任说："刘科长的包也在我手里呢。你们都是领导，我只拿他的不拿您的，那我们不是一点规矩都不懂吗？您用的时候，我自然就会放到您跟前的。"看着刘科长已经背着手走出去一大截路，我就松开了自己的手。

　　之后又到王庄公干，刚开车门，村委会王副主任也来拿我的包。我把包往身后藏着说："自己的包自己拿，不麻烦你了。"王副主任说："在张庄您可是让他们拿着的，来王庄却不让我们拿，是不是领导您觉着我们的工作不如张庄。给个面子吧，领导不能厚此薄彼。"我说："自己拿包就是图个方便，哪来那么多说道！"王副主任说："我给您拿着更方便，随用随给。"看王副主任这么坚持，我就把包给了他。

　　再到赵庄、李庄、孙家庄等地公干，我也逐渐习惯了有人来接包，不再为谁拿包的事多费口舌了。

　　有次到韩庄，我下车走进会议室。主持人请示我说："您看都到齐了，是不是可以开会了。"我左顾右盼，看了主持人一眼，心里有些不快。主持人一下反应过来，拍着大腿自责道："瞧我这都糊涂了，您的包还没到呢。"话音未落，早有好几个人跑出了会议室。

吴准的年龄

那年秋天，吴准不到六岁，父亲领他到村小学报名上学。老师登记姓名，问年龄。不等吴准开口，父亲说："七岁。"吴准就报上了名。回去的路上，吴准说："刚才爹把年龄说错了，我刚过五岁半，爹说多了。"爹瞅一眼吴准，说："不多说，人家能让你上学？"没过两天，吴准挎着书包上了学。

吴准中学毕业后想报名当兵，可按照实际年龄还差两岁。爹说："这可不比在村里上小学，到老师那里随便说了就能行。这得到公社找你二舅，不改登记的底子是不行的。自己去跑吧，老大的人了，不能事事都让爹给你办。"吴准到公社找到二舅，二舅又找了别人，一番言语手势，一阵摇头点头后，吴准就回去报上了名。

吴准后来进工厂当了工人。正赶上讲文凭的年代。有了文凭，就能转为干部。可单位规定，四十五岁以上不在脱产学习拿学历的范围。吴准的年龄正好被卡在这个门槛上。但年龄的伸缩，对吴准来说已不算难事。吴准略加运作，就跨过了年龄的门槛，并顺利拿到了文凭，后来还当了科长。

多年的经验，使吴准在对自己年龄的使用上已经游刃有余。有一次，劳资科核实年龄让填表。吴准得到消息，这是为单位配备班子筛选人员做准备。吴准有阅历，有学历，多年的中层干部，优势明显，只是年龄偏大。他决心铆足劲最后一搏，退休前弄个领导身份，就把年龄写小了一岁，但吴准没能进班子。事后，有领导向他透露，这次调整班子，要求老中青三结合，原计划把他作为老同志结合进来，可他的年龄却比要求小了一岁。

职来职注

49

不是来说情的

仓库保管员老赵天生有股犟劲，为公司把仓库主任降为保管员这事，非跟主管领导要个说法。

老赵说："把主任降为保管员，我就是不服！"主管领导说："处理决定是组织研究的，你个普通仓库保管员有什么不服的。"老赵说："我不是来说情，就是对这样处理心里不服。"主管领导说："不服也要处理，有问题就要处理，不处理就没有导向作用，就没有是非之分，企业就不能发展。"老赵说："那你们倒是认真处理呀，考虑导向作用呀，该怎么处理就怎么处理呀，为什么要降为保管员。保管员们都不服。"

老赵两眼直盯着主管领导。主管领导抠了好一阵脑袋问："那你说该怎么处理？莫非你是觉着对仓库主任处理轻了，非要现在就判他几年才能满意？他毕竟也当了多年的领导，再说，降到保管员也就到底了。去年把那个吃里爬外的副科长送出去判了刑，那够重的吧，年底却也影响了大家的评优和奖励，今年我们不能再推光头了。"

老赵说："我也不评价处理的轻重，我只是想表达自己的真心想法，这样处理也应该考虑别人的自尊。"主管领导很生气地说："他们考虑过自己的自尊吗？"老赵说："我说的是我们的自尊，我们保管员有先进生产者，有市级、省级劳模，你们大会小会说这是支优秀的队伍，可我们原来一共才十名保管员，这几年已经有三名中层负责人因犯错误成了保管员；领导犯了错误就塞到我们这个队伍里，这让我们怎么自豪得起来！"

摄影家

办公室刘副主任是单位公认的摄影行家。一开始他还谦虚说自己业余，得过几次古怪名称的奖项后，他也习惯以摄影家自居了。既然以家相称，讲究自然也多了些。

仲夏周末，单位进山避暑。下车后，大家各自寻个阴凉的地方，或坐或卧，或一人或小圈，尽享爽快。领导们分别被几个部下簇拥着各奔东西了。刘副主任惬意地躺下，脸上扣只遮阳帽，他要等待拍摄夕阳下的美景。

一会儿，办公室主任小跑着来摇刘副主任的胳膊道："王总站在山头显得特别高大，快去给他来几张。"刘副主任侧个身没吭气，心想你站在山头也高大。

这当口儿，工会小何气喘吁吁来拉刘副主任的手道："赵总坐在湍急的河边更显伟岸，快去给他咔嚓两下。"

想想领导们相距太远，自己分身乏术，刘副主任干脆拒绝道："摄影讲究光影、搭配和协调，大太阳底下拍不出什么好片。再说，领导之间那距离，我一个五十岁的人没法照应。"两位无奈地摇头离去。

秋后，刘副主任被调整为虚职，理由是照顾老同志和培养年轻人。据说领导们意见高度一致，尽管刘副主任比主任还小两岁，尽管刘副主任距退休还有十年。

王　总

　　王总对他在会议上讲话稿的起草要求十分严格，不管什么会，都受到热烈欢迎。

　　王总是集团公司的领导，刚上任就到我们单位参加会议并讲话，我们给他准备了十页的讲话稿。王总摇头嫌太长。王总说："你们单位业务性强，我刚负责这个口没几天，还讲那么多？你们是内行，再斟酌斟酌，多给大家打打气就行了。"于是我们又把讲稿压缩一半，果然大家热烈鼓掌。

　　半年后的一个会议，我们给王总准备了第一次来讲话篇幅的讲话稿。王总说："我到任也有段时间了，不能外行领导内行。你们也是内行，再斟酌斟酌。"于是我们把篇幅翻了一番多。尽管有两个术语念错了，但大家还是鼓掌热烈。

　　年底总结大会，王总提前两个月说要来参会。我们把讲话稿送到他办公室。王总掂了掂分量，推过来说："二十几页纸怎么能说透问题，怎么能讲清明年的计划和未来五年的规划。你们都是内行，要认真、细心，再斟酌、再充实。"我们又把上级、上上级的精神、要求都重复了一遍，把单位工作报告的内容也在讲话稿里再次叙述。

　　离总结会没几天，上面有新精神，提倡领导讲话不用讲稿，还限制了讲话时间。王总打来电话："为了贯彻上级要求，为了节约大家时间，这次会议，我就不讲话了。既然不讲话，也就不参会了。大家都是内行，一点就透，没必要我再啰啰唆唆讲那么多。"我们再三恳请，王总还是坚持不来，并且一定要主持人把他的决定告诉大家。总结会上，主持人把王总的决定告诉大家，果然又迎来好一阵热烈掌声。

形势需要

村委会黄主任有个"形势需要"的口头禅，帮他解释过不少事。

那年，黄主任提出申报县富裕村称号，村三组侯组长质疑上报的数字有水分，组里有十几户人均收入还在两千元以下，与富裕村的标准有较大差距。侯组长说："按照三组的情况推论，甚至可以说村整体还未脱贫。"黄主任说："评上富裕村有奖励，难道你们不想要奖励吗？难道你们和钱过不去吗？"他拍着侯组长的肩膀继续说："各村都在争报富裕村，这不仅是钱的问题，也是形势的需要。"

第二年，村委会刘副主任建议不要富裕村的称号，刘副主任提出不少村民对当初黄主任承诺的奖励有异议。刘副主任说："大家反映富裕村的奖励多数奖给了富裕户，村干部也是年底又戴花又奖钱，好不风光，生活困难的村民缺少应有的实惠。"黄主任不同意刘副主任反映的意见。黄主任说："村里的名气、品牌十分重要，我们村现在已经成了标杆村，上级和周边村对我们也另眼相看，至于数字上有点出入，今后努力加油补上就行了，不算大问题。"黄主任抬高嗓门继续说："上级立了标杆，我们也有了名气，这也是形势需要。"

第三年年初，上面实行精准扶贫，对贫困村和贫困户有重大扶持政策，不少村民对那顶富裕村的帽子更是戴不住了。黄主任又安排统计出一大堆贫困户名单往上报，受到了上面的严厉斥责，村民对黄主任也颇有怨言。村委会换届，黄主任落选。有人问黄主任对此有何感想，黄主任有些尴尬地说："这个么，也是形势需要。"

集体生活

刚进集体宿舍时，大刘习惯早睡，他说自己睡眠很轻，睡着后经不住一点儿声音，希望别人也能早睡，至少不要影响到他的睡眠。

大刘对小张晚上熬夜写东西很不习惯。大刘说："一写就写到后半夜，还搞得凳子吱吱响，成心叫人睡不成。"小张说："我写材料也是集体的事。"小张心想，晚饭还没消化完就打呼噜，也没你睡那么早的。大刘说："我也从年轻过来的，就那么点事一会儿也就写完了，这是可以自己控制掌握的。集体生活，要照顾到别人。"

大刘对老赵每晚起好几次夜也很不习惯。大刘说："又不是七老八十，怎么连泡尿都憋不到天亮。"老赵涨红脸说："谁也不想起夜。这事不是你我可以控制的，再说，你还管别人这事呀。"大刘说："可你一起来，我也就睡不成了。"大刘停顿一下，说："控制不了，可以有措施呀，比方你比我早些睡，等我们睡觉前你起一次夜。"老赵说："你干脆叫我端着饭碗就钻被窝得了。"大刘说："集体生活，总要有集体观念吧。"

大刘还分别点名、不点名地批评了晚饭后打扑克、下棋和看电视等与睡觉无关的事情和人员，他说在集体生活中做事不照顾大局是非常不应该的。

随着工作的紧张开展，大家睡觉时间的确比以前提前了许多。有次大刘工作遇到棘手的事，很晚还没睡。他想找小张聊会儿天，小张已经睡着了。他看到老赵起床，想跟老赵说句话，老赵却急匆匆上完厕所又蒙头睡了。大刘大声干咳着躺下，心里说："吃完就睡，死气沉沉，哪有个集体生活的样子。"

就认档案

乡里的刘干事检查工作喜欢看档案，而且只认档案。刘干事说："工作干了没有，活动开展了没有，只有图文并茂的档案才是最令人信服的。"

有项工作乡里安排不久，刘干事就到村里检查。我刚开口汇报，刘干事立刻制止。刘干事说："节约时间，什么都不说，只看档案。"我说："村里制定了方案，上周开的动员会，工作刚刚铺开，还没形成档案。"刘干事很不高兴地说："那怎么证明干的事，没有图文材料，怎么知道一把手亲自动员，怎么知道村民鼓掌认可。你们连个档案盒都没有，阶段性检查是很难得分的，总分可是由各阶段检查累计的。"

那次还考核了另一项工作。我把档案摆到桌上，刘干事坐下就翻起档案。刘干事把看完的三盒档案往我跟前一推说："专家对你们这项工作评价很高，领导检查也是我陪着来的，这我很清楚，但材料、图片、简报归类很不科学。"刘干事十分遗憾地说："这么不重视档案，我怎么给你们打高分？"

有项工作确实欠扎实。刘干事通知要来检查。我请邻村小贾来帮忙整理档案。我到乡里有急事，简单交代一下就走了。不到半天，没等我回来，小贾就打电话说："已经整理好摆到桌子上，我先走了。"我忐忑地等来了刘干事，做好挨批评的准备。刘干事看完档案说："很好呀，这次要给你们高分。"

我向小贾表示感谢。小贾说："其实没费多大劲，就是把自己村的材料改了几个数。我们也是抄了别村的，有个表述三个村都错了。刚想电话告诉你，工作检查就完了，完就完了吧。"

开车门

秘书小宋站在小车旁正犯愁，新来的赵总马上要出门，他不知道该给赵总开哪个车门。小宋多年来陪同过几任新任老总，都是第一次开车门挨了熊。

陪同第一位王总，小宋打开车前门。王总很诧异："秘书的位子让老总坐，你当秘书的倒不客气。"小宋又忙不迭给王总拉开车后门。小宋解释道："越野车前排更舒适，您到任时也从前门下的车。""从来就没有让我们坐前排的理，那天送我的人比我还要高半级。"小宋脸上火辣辣。一开始，下面迎接老总们也多是先来开前门，看到的是小宋满脸的尴尬相。没多久，习惯坐前排的下属负责人大多改为坐后排，不过越野车也慢慢换成了小轿车。

陪同第二位孙总，小宋打开车后门。孙总疑惑地看了看他，摆摆手自己拉开前门上了车。"我们要学会往前坐，外面的情况才能一目了然。"孙总说话很直爽。"您到任时是从后门下的车。""那是送我的人抢先坐到了前排座。"一开始，下面迎接老总们都是先去开后门，看到的还是小宋满脸的尴尬相。待适应了孙总的习惯后，很快地，已经习惯坐后排的下属又全部改为坐前排，只不过，小轿车都逐渐换成了越野车。

小宋印象中开哪个门都少不了挨熊。

这会儿，新来的赵总已经走出办公楼，说话间来到了车跟前。小宋还在琢磨该开哪个门，赵总拉开车前门，给小宋来了个"请"的手势说："今天开始车改了，出门坐车要付费。宋秘书，今天我请你坐车。"很久很久，小宋都回忆不起来这个赵总第一次上车进的是哪个门。

太阳从西边出来

要有图片为证

刘干事到村里检查考核工作，特别强调凡事都必须要有图片为证。

那次来检查考核抗洪工作，刘干事对我说："老李，今年抗洪工作你们做得很好，尤其是在七月那场大雨中加固河堤，非常及时，否则，连邻村几十户村民的房屋都会受淹。"我说："保护人民生命财产，关键时刻不分你我。"刘干事来回翻着档案，疑惑地问："可是这么重要的成绩，图片呢？"我说："山洪来得突然，干活也太紧张，想不起来也来不及拍照片。"刘干事遗憾地说："可以理解。但没有图片，还是有很大缺憾的，不可能打满分。"

年底来检查农业科技园区建设，刘干事边翻档案边说："老李，这项工作你们干得很漂亮，专家高度评价，村民十分认可，领导多次会上表扬。"我说："全靠上级的正确领导，您也几次亲临现场指导，还跟我们握手，至今手心暖暖的。"刘干事说："是呀，我怎么能忘记。可是图片呢？领导们的图片呢？咱俩握手的图片呢？你只有这么简单的一两张照片，如何体现园区在各级领导的关心指导下一步一步建成的？我不扣你们的分，上面抽查也要扣我的分。"

刘干事继续翻档案，对照着考核细则说："除了开会决策，你们主要领导商量酝酿统一思想也很重要，这也要有图片。"我说："我们村两委主要负责人是两个担子一肩挑，一把手就一个人。"刘干事看着考核细则挠了好一阵头，不高兴地说："一个人怎么了，你难道不知道手机有自拍功能吗？"

职来职往

57

补 会

单位负责会务音响、电子屏幕兼摄影的小王业务很熟，可这天的会议上却连出状况。

会议开始还算正常，屏幕上打着"年度考核动员会"的字样，朱总宣布开会并做动员。朱总说："近期上级各部门都要来考核，各项工作只能加强不能松懈，要以良好的状态迎接考核……"正说着，屏幕一闪，冒出个"绿化美化动员会"会标。台下众人一愣。小王却像没事人一样走出控制室，拿着相机对着主席台（当然包括屏幕）啪啪拍了几张照片，又回到控制室。屏幕随后恢复了原样。台上朱总继续动员，似乎并没感到异样。我摇着头自语："唉，小王这精神状态。"

朱总继续动员说："全年成绩如何，这几天的工作极为关键，档案要齐全，细节要深抠，各项数字、文字和图片一定要相互印证……"正说着，屏幕一闪，又冒出个"清理支渠淤泥总结会"字样。台下一阵唏嘘。朱总提高嗓门，话音压过了唏嘘声。小王又拿着相机从音控室走出，对着屏幕啪啪了几张（当然把主席台上的老总们也囊括在内），若无其事地回去了。屏幕随后恢复了原样。我叹着气，心里说："你就等着被问责吧。"

朱总反复强调动员着，会议达到了预期效果。但让我不能理解的是，凭小王的业务，一个会上竟然能出两次那样低级的错误。会后，我对小王说："你是干腻了吧，把一年的差错都出在一个会上，还敢满不在乎地拍照留证据。"小王神秘地笑着说："这不但不能算错，单位还应当奖励我呢。这次考核对缺会扣分很严厉，我是在补图片资料，你也可以理解为补会吧。"

这是你舅决定的

　　助理提醒我说："最近集团公司要晋级一批员工，小王来部门工作三年了，他的那个当领导的表舅也打过招呼的，这次是否往上申报？"说实话，申报小王难以服众，起不到激励作用，但有关人员的招呼也不容忽视，还是再给他点机会吧。

　　正好上面要个材料，我就安排小王写。我说："小王，这材料能体现出你平时的积累和真实水平，给你一周时间，再不能马虎、拖延呀。"小王说："一周时间？时间这么短，你现在说怎么来得及。你上次让小赵写的材料可是提前几个月安排的。"我说："让小赵写的那是半年总结。"小王哼哼道："表舅就反对干事仓促。"我把任务给小赵，小赵四天交了稿。

　　我又安排小王去营业点调研。我说："这项工作很重要，为制定明年的各项指标做准备。"小王说："这是高级职员干的工作，我只是个普通职员；再说，还要半个月跑完七八个营业点，你现在说怎么来得及。表舅就反对职责不分。"我把任务给小刘。小刘当天出发，十三天提交了报告。不久，晋级方案下来了，小王看到后气呼呼地质问我："凭什么推荐小赵、小刘而没有我呀，我工龄还长，你跟有关领导也承诺过的。"我耸耸肩说："这个是你舅定的盘子。"小王不解："我舅定的会没有我？"我说："是的。我在每次安排你工作时，都录了音。前几天我将这些录音全转交给了你舅舅。"

職来職注

事出有因

　　驻村期间，工作队员轮流做饭。有人说做饭是大事、麻烦事，我不敢苟同。尽管我没有下厨经验，一开始也有些顾虑，但我敢想敢做，照样得到了大家的认可。有次做汤饭，面片都下到锅里了，我才想起没炝锅，就在快出锅的时候倒了些油。我很不好意思地对大家说："油是后面加进去的，这顿饭可能没做好。"老赵尝了两口，说："很好吃呀。这种做法三十年前家里也有过，那时食用油定量，这样做能直观看到上面的油花子，省油，还增加食欲。"工作队里以美食家著称的老孙也竖了大拇指。一锅饭很快就见了底。那次熬糊糊，我竟不小心放了盐。但想想既然有了咸味，就干脆又放了葱、姜、油。我试探着跟大家说："今天做成了咸糊糊，估计可能不对味。"小王先抿了一口，说："不错呀，还真有老家胡辣汤的风格，就叫特色胡辣汤吧。却也不是很辣，各种口味皆宜，这不失为一种创新呢。"在工作队被尊为首席掌勺的小赵也不停地点着头。一锅饭最终也没剩多少。大家的广泛认可，使我彻底消除了顾虑。一年来，我先后做出了麻辣鸡风味大盘鸡、红烧清蒸鱼、加厚火烧馒头等不下十几种菜肴、面点。返回单位后，每每想起自己的那些独创，心里还乐滋滋的。那天单位座谈，我还专门把自己做饭的经验向下一批队员做了介绍。会后，挚友老马却悄悄对我说："你也别不谦虚。大家不挑剔你做的饭，那是因为你是队长。"

大刘跟我在一起

  大刘是我属下，为人实。那阵子，我业务顺，朋友多，饭局也多，经常晚上应酬到很晚才回家。每次只要说大刘跟我在一起，夫人就放心了。

  有次接待赵总，我提前跟夫人说："接待赵总不能马虎，我几次去人家都很热情。"夫人说："听说赵总的酒量在行内是出了名的。"她担心我的酒量撑不起我的热情。我说："有大刘在，你就放心吧。"当晚直喝到赵总言语打绊，我记忆也断了片。第二天醒来才知道在自家床上躺着。夫人说"昨天都喝成一摊泥了，上百公斤的分量，大刘愣是把你背到了五楼，要好好谢谢人家。"

  那次接待唐总，我提前跟夫人说："今晚可是一场硬仗。唐总是我多年的合作伙伴，他还带来了五六个主管。不过我把大刘带着，你就放心吧。"当晚把对方一个个灌了个实在，我不但没醉，回家居然还跟夫人闲聊了一会儿。夫人说："原想今晚你又是被大刘背回家，这倒出乎我的意料。"我说："大刘今天主动给每人敬酒七八杯，结果他自己也喝醉了。"说到这里我突然一激灵，不知道大刘昨晚如何回的家。

  我的应酬，几乎离不开大刘的陪伴。

  有天晚上应酬，我照例把大刘带上，他照例为我挡了不少酒。喝到差不多了，我到卫生间去"放水"，在门口听见大刘给老婆打电话的声音："我还在陪他喝酒啊，什么感情？加薪的事不知什么时候兑现，侄子转正的事不知什么时候解决，已经说了好几个月，一件都没给办。要没这些事，经常醉天晕地、累死累活地与他搅在一起，图他个啥？"

审过的痕迹

年底下去考核，考核组分成几个小组，我被分在侯科长负责的小组。侯科长递给我空白考核表说："你负责具体考核打分，我审核把关。"

第一天考核完，我把考核表报给侯科长。侯科长说："放下吧，我仔细审审。"我说："考核组让下班前必须报上去。"侯科长说："耽误不了。"不到十分钟，侯科长把审核过的表给我。侯科长把第一项增扣了 0.5 分，最后一项又加了 0.5 分。我说："总分没变。"侯科长说："稍微改了改。我相信你。"我誊写后报到了考核组。

第二天考核完，我像头天一样把考核表报给侯科长。侯科长说："放下吧，我再审审。"我说："考核组嫌我们昨天报去的有些晚。"侯科长说："那也不能不审。"不到五分钟，侯科长把审核过的表给我。侯科长把最后一项增扣了 0.1 分。我说："就改动这么一点。"侯科长说："象征性地动了动。我相信你。"我誊写后报到了考核组。

第三天考核完，我给侯科长报去时说："考核组嫌我们昨天交去的还是晚。"侯科长说："那也必须要审，这是原则。"侯科长直接翻到最后一项增扣了 1 分，接着又把自己写的一笔划掉，递给我说："没法再快了。我可是相信你的。"我说："其实各小组差不太多。只是，我用铅笔，您用碳素笔，您修改再少，我也得再誊一遍。尤其像今天，你可不用动笔，告诉我一声，我拿碳素笔描了直接交上去，就更快了。"侯科长有些不高兴地说："那不行，如果只图快，没有改的痕迹，怎么说明我审核过。"

习 惯

　　当办公室主任那阵子，日常事务多，我平时接电话用的最多的是"好"和"是"俩字。列席领导们的会议，领导不能随意接听电话，倒是我可以例外，因为随时要和外界保持通讯畅通。但我也不能旁若无人，而是出会议室快快接听，再视情况向领导汇报。

　　那天上午，我照例列席会议。手机屏亮了，是上级部门陈秘书的电话。我出会议室接听。陈秘书说："领导下周到你们单位调研，通知发过去了。"我说："好好好，我到机要室拿通知。"陈秘书说："直接到现场。文字汇报稿给领导，回去看就行了。"我说："是是是。"我拿了通知回会议室交给领导。

　　没多一会儿，手机屏又亮了，是下属单位赵总的电话。我出会议室接听。赵总说："我们新班子上任三个月就开始盈利了。专门写了个报告，报上去了。"我说："好好好，会后报给领导。"赵总说："别耽误了。"我说："是是是，领导肯定也等着看呢。"我给内收发打了电话又回到会议室。

　　屁股刚挨座，又有电话进来，是小立的电话。小立是我的老友，不时都互通电话问候。这次我没出会议室。我侧过身，低下头，按下接听键悄悄说"好好好"就先挂了。

　　七年后的一次小聚，酒到微醺，小立对我说："有个疙瘩多年没解开。那年家父去世，你在电话里听到这个消息，怎么连说三声好？"

盼停水

按惯例，我们集体宿舍一旦停电，往往接下来就会停水。

昨晚停了电，早上洗漱，小丁进洗漱间从备用水桶往脸盆舀水。小丁跟正在洗漱的老王招呼道："起得早呀，又停水了。"老王又拧了一下水龙头："没有呀，这不是哗哗流着吗？""怎么可能呢！"小丁边说边拧了另一个水龙头。哗哗的流水声让小丁颇感意外，他遗憾地看了好几眼旁边的那三大桶水，心里埋怨这清澈的自来水太不给自己长面子。

做午饭时，小丁来到厨房，对值班做饭的老刘说："水桶里的水做饭够了吧。"老刘有些摸不着头脑，说："水龙头有水，干吗要用水桶里的水。"小丁拧开水龙头，自来水比早上洗漱间流得还急。小丁很纳闷，自言道："怎么可能还不停水！"小丁摇着头，他甚至要对自来水公司有意见了。

这一天，小丁盼停水竟然比平时停水后盼来水的心思还强烈，以至于到了坐立不安的地步。

"停水了，停水了。"晚上临睡前，小丁在过道里大声喊着。小丁又敲了我宿舍的门："组长，停水了，停水了。""知道了，今晚停水是下午通知的，明早就来了。"我带了些不耐烦答道。

驻村后，大家倡议多为集体和他人做好事，并把每件好事都列入评先选优加分项。小丁抓住机会在洗漱间和厨房接满了好几桶水，可这次偏偏一直没停水，那几桶水也一直没派上用场，眼看做好事要成为未遂。

然而第二天早上并没来水，小丁高兴地看着别人用他接的水洗漱。小丁和大家都不知道，是我早起悄悄关了一小时自来水总阀。

太
阳
从
西
边
出
来

帮　忙

因工作任务增加，单位决定抽调几名新人充实到各工作组，领导让我牵头，以综合组的名义提出人员分配方案。

同组的同事钱君找到我说："三组组长赵君是我的老领导，最近在休假，我给他先挑选一个人吧。"我很为难地说："总领队专门交代，要统一拿方案，谁都不能私下挑人。"钱君说："这事你我不说，谁能知道？其实，从你我的角度说，怎么分配都有理由，或者根本不需要理由，小范围知道的事。"钱君又直截了当地说："文辉那小伙子文笔好，能出材料，就充实到赵君的组吧。"

钱君又专门找机会跟我解释说："我刚参加工作就是被赵君挑选去的，有知遇之恩呀。我在综合组，如果给赵君的组分配了不如意的人员，我又不闻不问，他知道了会埋怨我的。再说，我们只是提方案，最后由领导拍板。"

我认真地对钱君说："按理你是不能提这要求的，但你已经说出了口，我也没必要专门和你拧着来。再说，总要提个方案的，就按你说的报吧。不过这事情千万不能对外说，也不能告诉赵君，否则，你我就说不清楚了。"钱君再三点头答应，他高兴地握着我的手说："我总算帮了赵君一次忙，也算你帮了我的忙。"

赵君休假回来，组里有几项工作开展不顺。办公会上，赵君提意见说："村里工作要实干，不是天天写文章。前段时间给各组补充人员，我最需要的是懂农机技术的，可是……我不在还不是由着别人先挑人。"赵君又把脸转向我说："老李，当着工作队总领队的面，你敢说没有谁找你帮忙挑选过人？"

经　验

　　上级要考核文明村创建工作。新到任的乡领导很重视，专门安排我带小张提前到各村督查。到王家沟村的时候已经天黑，我们匆匆翻阅资料后就返回了。

　　第二天，小张把他起草的督查报告让我审阅。小张说："对表述王家沟村的问题心里没底，就摘录了村里的自查报告。"我快速浏览着，随手又加上"还存在卫生死角"几个字。小张说："这是个普遍性问题，但给王家沟村写上似乎不太妥，他们可是连续三年的卫生红旗村。要不，我再到王家沟村跑一趟。"我说："既然具有普遍性，就一定要写，红旗标兵也要写，看不看都要写。你还缺乏经验。"我让他对稿子再修改。

　　过一会儿，小张送来修改后的督查报告，说："这么写，更是感觉不踏实。各村最近搞了好几次环境大整治，领导还表扬说王家沟村堪称村容整洁示范村，别的村也都去取经学习。"我说："我心里有数。谁表扬也要这么写，谁取经都要这么写。你慢慢会有经验的。"我在督查报告上签了字。

　　上面考核后，对王家沟村的反馈果真有卫生死角这一条。乡领导召集会议，先是责问我是怎么督查的。我把督查报告念了一遍，乡领导就把火气转到村领导身上，训斥道："督查组指出的问题，你们却当耳旁风！"

　　小张向我请教，问我怎么会对王家沟村有卫生死角那么肯定。我笑着说："其实那就是句皮条话，很有弹性。写了，不会抹杀他们多少成绩。但如果不写，我们自己就没了退路。你翻着看看，但凡涉及这方面的督查、检查，哪次不写这句话？"

太阳从西边出来

点　赞

　　我的微信朋友圈里有不少机关同事，尤其是老张和老王，过去是给我点赞最多的圈友，可最近就像约好了似的都沉默了。

　　那天碰见老张，我问："我在圈里发的东西你怎么不看了，是不是不好？"老张说："很好很好，每篇必看。昨晚那篇中老年人饮食的文章，我当时就提醒了老父亲。"我说："那你也不点个赞，你以前每天都给我点赞的。"老张支吾着说："没来得及。"我开玩笑地说："动动手指的事，也鼓励鼓励我。"老张嬉笑着说："要点赞的，补上，补上。"

　　那天碰见老王，我问："朋友圈的东西你也有阵子不看了，是不是太忙？那几篇微型文学佳作，简直就是为你转发的。"老张认真地说："每篇必看，再忙也看，看完才睡觉。那几篇佳作，我还专门念给女儿听，让她多下功夫。"我说："那你也点个赞嘛，你以前可是每个话题都给我点赞的。"老王摆手说："怪我太懒。这个很快就补上，补上。"

　　老张和老王依旧没给我再点赞，更没补以前的赞；有几个过去时不时点赞的同事也不冒泡。有次好友老马悄悄对我说："过去你发微信，都是赵主任先点赞，别人才跟着点赞，最近赵主任不给你点赞了，谁还愿去触那霉头给你点赞。什么时候惹赵主任了吧？"我立刻一项项工作进行梳理、一件件事情进行回顾、一句句话进行反思，脑袋大了仍没理出个头绪。

　　那天临下班，赵主任把我叫到他办公室，递过来一部手机说："这是前阵子儿子给我新买的，微信一直没顾上装，也看不到朋友圈，今天你帮我装上吧。"

职来职往

埋汰人

　　蔡班长是我们车间的首席工匠。我想尽办法，终于拜他为师。可他后来却几次说我没文化、不尊师、不诚心，一直不肯真心认我这个徒弟。

　　我很是不解，心里说："您嫌我没文化，我是车间唯一有双学士学位的青年，业余喜欢写作，发表了那么多的文章，您还曾说过也很佩服我。那天，我约好了几个同事作陪，想请您到五星级的环宇大酒店吃饭，您却不给面子，当众拒绝，说我有时间还是多学几个字，别那么没文化。您也只是大专学历，收我这个双学位徒弟，却说我没文化，莫非要我拿了硕士、博士文凭才合您的意不成？我是诚心拜您为师的，您却当众这么埋汰您徒弟。"

　　"您说我不尊师，我更是冤枉。我平时自己喝水都是先给您的杯子倒满，去食堂打饭也把您的饭盒一起带上。我对您那可是非尊称不开口，非尊称不请教，甚至非尊称不聊天。那天晚上，在车间微信群里，大家都在祝贺您参加上级比武夺冠，您对别人的祝贺都回复表示感谢，唯独对我发的祝贺，却是半天后在小窗里留言，又说我不尊师、不诚心。我的确是无比尊敬您，也的的确确诚心拜您为师，您不能这么埋汰您徒弟。由于您对我的态度，现在车间里的同事也都对我侧眼相看。徒弟苦思冥想不得其解，就想通过微信，把我的不解全部告诉您。"

　　我还真就把上面的文字用微信发了过去。

　　一周后，我收到回复："既然有文化，既然诚心拜师，那就真心叫声'师父'，你整天在微信圈里'师父师父'地公开喊着，把我的汗都喊出来了。臭小子，是你太埋汰我了。"

摔　门

　　早上开门前，总店介绍小罗来分店上班。小罗很细心，接待的顾客出门后，她说："我可能哪方面不周到，怠慢了顾客。"我说："没感觉有啥问题呀，你不停地介绍商品，顾客临走还朝你微笑呢。"小罗说："那他为什么还摔门呀。"我说："摔门了吗？我怎么没听到。别想那么多。"

　　下午，小罗接待的一位顾客刚出门，她又问我："主任，刚才那位是不是我们的老顾客？"我说："看着倒也面熟。"小罗说："要是老顾客，可能我们没服务好。要不是老顾客，可能外面生了气，进来时气还没消。"我说："朝你发脾气了？"小罗说："进进出出都摔门，还满脸不高兴。"我说："别那么谨慎，有意见顾客会反馈给我们的。"

　　第二天中午，小罗问我："主任，我有哪些不周到的？"我说："没有，很不错。"小罗说："你刚才摔门进来，我以为我做错什么了。"我疑惑地说："我没摔门呀。北方的冬天就这样，进出店要关门，习惯就好了。"

　　小罗扯下两块胶布条贴到门边，说："这样应该就好了。"我进出门试了一下，这回还真没有摔门的声音。

　　我去了趟卫生间，出来时有店员说小罗走了，临走留下句话："咱们习惯的东西，顾客不一定习惯。"下班前，总店来电话，说罗董事长检查我们分店后提出十几个问题，让抓紧整改。我的乖乖，原来小罗是公司董事长。事后，我问店员，董事长是不是摔门走的，大家说没有。可我怎么老觉着罗董事长是摔着门走的，而且以后很久脑子里还不时会浮现摔门的场景。

老主顾

吃过晚饭，我到药店买两盒药。门店主任把我引向柜台，营业员边拿边说："这药只有一盒了。"主任到电脑前查询，又打了个电话，说："我们从别的店调剂两盒。"我说："太麻烦，我买回这盒先吃着吧。"主任利索地安排后，说："马上，等十来分钟就行。放心，我们是讲信誉的。"

主任可能怕我着急，主动跟我攀谈说："看着您挺面熟，应该是老主顾，多给我们提意见。"我说："大晚上为两盒药还去调剂，很让我感动。"主任说："那店也不远。要是怕耽搁时间，您也可以先付费，药到直接拿走。"我说："药拿来再付吧。"主任大概看出我的担心，说："放心，我们是老店，这信誉还是有。"我说："等等吧。"

觉着在药店闲转悠也不对劲，我对主任说："要不，我在附近走一圈，等会儿再来。"主任犹豫了一下说："行，把您的电话留下吧。"我说："没必要，很快就回来。难道你对老主顾不放心？"我推门就出去了。

转了一小圈，我就回来了。主任看到我，长舒着气说："他们在跟我讨跑腿费呢，说您肯定不回来。"我说："就这点事，你我都有承诺，咋会不回来。"主任说："其实，我对您能不能回来也没把握。"我说："你让我对你放心，你却对我不放心。"主任说："来的都是上帝，实则各色人都有。当然，对老主顾应该放心。"我笑着说："我要不出去转一圈，你以后对我还不放心。其实，我是第一次来，为了不驳面子，才默认的老主顾。"

看着主任有些尴尬，我说："再来我就是老主顾了。"

寻访石敢当

才到职，主任让我去赵庄采访石敢当。

刚进村，对面开来辆面包车。我招呼停车，问石敢当的住处。司机指着不远处的院说："就是那家。"我来到门口，敲了门，出来一位老者。我说："大爷，我找石敢当，采访他带动村民脱贫致富奔小康的事。"老者爽朗地笑了，往前走几步，指着北面说："三面环树的那个院，那是石敢当家。他牵头搞起了茶叶合作社。"

我道了谢，来到老者指的院门口，敲了门；出来一位中年男子。我说："大叔你好，我找石敢当，采访他带动村民脱贫致富奔小康的事。"大叔摸摸脑袋，指着不远处说："往东，门前停着白色车的那家，那是石敢当家。他搞的电商，把村里的茶叶卖向了全国。"

我道了谢，又来到大叔指的门前，敲了门，出来一位青年人。我说："大哥你好，我找石敢当，采访他带动农民脱贫致富奔小康的事。"大哥犹豫一下，说："西南面那个院……老爷子当年带领大家开山路，腰都……"我打断大哥的话："我最先到的那里，大爷指到一位大叔家，大叔又指到你家。"大哥拍着脑袋说："看我这脑子，你说的那人年前到乡里上班了。"

我又急忙往乡里赶。乡里值班的人说："乡领导平时都在自己联系的村里，不在办公室。"我说："我找年前从赵庄来的石敢当。我到赵庄采访石敢当，他们指来指去，就把我指到乡里来了。"值班的笑着说："那是你没说清楚到底采访哪个石敢当。大家把脱贫致富带头人都叫石敢当。他们推来推去，那是谦虚呢，估计你见的那几位都是石敢当。"

裸　画

赵主任提议，机场把反映泼水节场景的壁画，镶在了候机大厅的墙上。

一时间，机场内外因壁画里有裸体女人议论纷纷。

"机场是公共场所，竟把光屁股女人像放到大庭广众之下。"

"能坐飞机的人喜欢看这东西？简直是对我们价值观的挑衅。"

"不合国情。浪费国家的钱。"

艺术界也质疑不断。

"艺术家要反映大众生活，把裸体女性放在这画面里，没有典型性，甚至不伦不类。"

"这是对广大劳动者的公然亵渎。"

"这样的壁画到底要把大家的审美意识引向何方！"

单位不愿把自己推到风口浪尖，就安排用木板把裸体部分封住了事。赵主任随后黯然退休。

这是 20 世纪 70 年代末的事。

二十年后，机场已换了好几任领导。这年又要装修，准备换掉原来的壁画。负责人出于好奇，想看看壁画的全貌，就亲自到现场。

板子被揭掉，人们惊叹着。

"哇……啧啧啧啧，平时没注意创作者。他现在可是顶级大师。"

"应该建议召开作品研讨会，并专门来机场观摩。"

"当年遮着的地方更加夺目。遮过的和没遮过的放在一起，色彩过渡恰当，天作之合，不可稍做变更。"

"这称得上是机场的镇场之宝。要重新评估入账。把这样的壁画去掉，那将是国有资产的严重流失。"

听了这些，负责人一时竟没了主意。

后来，机场真把壁画进行评估，并充实入账；研讨会也即将召开。赵主任因年老体衰，正在住院。他有个老部下，把这事及时相告。赵主任得知后，当时竟能下床。但后半夜朦胧中两手乱挠，直到把背心和内裤全扯掉，裸着身子咽了气。

职来职注

优先收购

驻村两年，回城退休后，我想开网店，卖二手书。驻村时帮村民开网店，把合作社的产品卖红火了。我想起城里的旧书摊，多是农民进城摆的摊。我回城要帮他们再做点事。

我先去新市区的旧书摊。我书柜里的不少书都是在那里买的。我下了公交车，往巷子里走，一直走到另一头，却没见一个旧书摊。我进一家餐厅，点了早餐，问店老板："过去那些旧书摊怎么都不见了，是不是不让摆了。"老板说："没听说不让摆旧书摊，可不知道怎么的，这两年旧书摊陆续不见了。"我说："真是遗憾，我想开个网店，帮他们在网上卖旧书，却找不到他们。"

我又往北园春市场赶，那里过去也有旧书摊。我的好几本珍贵书就是从那里淘的。我进了市场，绕了几个圈，也没看到旧书摊。我走进一家切面店，问店老板："过去的书摊怎么都没了，是不是转到别的市场了。"店老板说："昨天还有个过去摆旧书摊的来买切面，没听说转到别的市场，可也没见他们在外面摆。"我说："太遗憾了，我想帮进城的村民开个网店，他们却不见了。"

有一天，我又到新市区旧书摊旁的餐厅吃饭，感觉对面吃饭的人挺面熟。我说："你是前面书摊……"他也记起来我，说："是呀，你常光顾我的旧书摊。好久不见了。"我说："我驻村两年。"他说："你们帮村民开网店，村里的红枣核桃现在都在网上卖。我们在城里卖旧书更不能落后，大家也都开了网店。"他临走留下名片，说："再买旧书，到网上联系我。你要有货源，也给我供，我优先收购。"

太阳从西边出来

74

心灵点击

我把自己有所感悟的一些故事也挑选了出来.

不锁门

为响应民族团结一家亲，结对认亲的号召，我与南疆昆仑山下的村民巴拉提老人结为亲戚。结亲没几天，我参加驻村工作队恰好到老人家的邻乡。

把有关事项安排好，我就到巴拉提老人家串门。不巧的是，大门上挂了把锁，但锁却是打开着的。我心想，没锁死，说明没走远，我就坐在门口等着。等到中午，邻居收工回来了。邻居说："你是巴拉提老人的亲戚吧，他到女儿家去了，晚上才能回来。"我说："可锁子是开着的。"邻居笑笑说："没错，他走的时候告诉我的。"我替老人把锁子锁好，返回了驻地。

过了两天我又去老人家。门上还是挂着锁，还换了把新锁。正巧他的邻居推着摩托车出门。邻居说："今天是乡上的巴扎天，巴拉提老人肯定赶巴扎去了。"我说："他今天又没把门锁好。"邻居笑笑，骑着摩托车也赶巴扎去了。我替老人把锁子锁好，心里说："看来人老了，脑子也不好使了，我以后要常来帮帮老人。"

第二天，巴拉提老人到工作队来了。我们互致问候。我说："正想找时间再去看您。"巴拉提老人说："邻居告诉我了，专门到乡上去打听，才知道你驻这个村。"

我说："去了两次你都不在，还没锁门，我给你锁上了。"巴拉提老人说："你去了两次，我也撬了两次锁。有句俗话叫事不过三，我不想第三次撬锁，就赶紧打听着看你来了。"见我纳闷，巴拉提老人笑着说："村民很简单，出门挂上锁就行，左邻右舍看到就不进门了，还会帮你看门，要不可就见外了。你替我把门锁上了，可钥匙还在家里呢。"

太阳从西边出来

一杆秤

那天搬新家，一些没什么用的东西，该卖的卖，该送人的送人，该扔的扔了，唯独有杆旧秤，父亲却紧攥在手里，非要带到新房子不可。

我说："这秤又不是古董文物，也值不了几个钱，卖给前面收废品的算了，他还在等着呢。我讨价半天，人家才愿意给二十块钱。"父亲说："这秤在咱家已经五十多年了，怎么能说卖就随便卖。你觉着它不值钱，可我觉着它比古董还值钱，比文物还珍贵，给多少钱我也不卖。"父亲拉开车门，带着秤上车了。

一路上，我又解释说："我刚才的意思是，就这么杆秤，日常也用不上，新房里没地方放。"父亲说："新房面积比旧房大许多，旧房子能放得下，新房子怎么就放不下了？"我说："您原来的床是四条腿撑着，下面空着，可以把它放到床下；现在可不一样，您睡的是高级床，下面根本放不下这些乱七八糟的东西。"父亲说："放得下要放，放不下也要放，有我住的地方就有放这杆秤的地方。"我俩再没多说话。

搬进新楼收拾利索后，那天跟父亲闲聊，我又提起那杆秤。父亲叹口气说："那是我上中学时借邻居刘大爷家的秤，借后没及时还，我就到农场学农去了，一去一个月，回来才知道刘大爷搬走了。刘大爷孤单一个人，有人说他回老家了。以后再也没有音信。"我说："刘爷爷要活着也一百多岁了吧，这秤肯定没法还了。其实，搬家时还真不如把它卖了，留家里反成了您的一块心病。"父亲涨红了脸，跺着脚说："这是人家的东西，还不了留着也算是个念想。你怎么就容不下一杆秤呢！"

多了就不是我的了

那年春节，我五岁。初一大早，吃了饺子就到隔壁院给大娘拜年。我使劲推开门，看到大娘也在烧火煮饺子，我带些羞涩说："大娘过年好，给大娘磕头了。"大娘笑着起身抱起我，顺手拿出显然提前准备好的红包，塞到我兜里。我没见外，打开红包把钱数了几遍，又退给大娘。大娘一愣，笑着说："三张毛毛钱，一共八毛。以后年年加。"我把钱往大娘手里递，说："大娘给多了，我不能要。"大娘拗不过我，抽回最小票面的一毛钱说："知道体谅大娘了，长大一定有出息。"

谢过大娘，我跟堂哥放了阵子爆竹，就蹦跳着往家跑。还没出院门又返回来，把七毛钱往大娘手里塞，噘着小嘴说："还是多了，我不想要。"大娘有些不知所措，责怪说："这是哪一出呀？大过年的，别让大娘生气。"我犹豫着从大娘手里抽出五毛钱说："这张就行了。"我转身往外跑。

"大侄子回来。"大娘使劲喊着。我跑回大娘跟前，大娘说："大侄子，告诉我，你到底嫌多还是嫌少，为什么就要五毛钱。"看我不说话，大娘有些生气地说："不说不让走。"我看大娘真要生气，就小声说："多了就不是我的了，就被俺娘要走给存起来了。"

大娘当天把这事告诉俺娘，两个人大笑了老半天。

娘以后每个春节都给我提这事，总是咯咯笑着说"多了就不是我的了。"几十年履职多岗，这事竟记忆如初，不该要的也一分不要。今年春节，我五十三岁，娘说话也不利索了，但娘咯咯一笑我就知道娘要说啥。我替娘说："娘，多了就不是我的了。"

一麻袋土豆的记忆

　　郝为民是我三十多年前上初中时就很要好的同学，工作后也没断联系。我称郝为民的父亲为郝叔。前阵子听说郝叔患了脑萎缩，病情发展很快，我专门前去探望。

　　郝叔坐在轮椅里，脸上表情麻木。

　　"爸，李同学看您来了。"郝为民俯下身子对郝叔说，"就是上高中后突然学习成绩窜到前列的那个外号叫冒尖的李同学。"郝为民又无奈地看看我："去年还不时能跟我们聊上几句，慢慢情况就时好时坏。父亲以前对你学习上的快速进步还是大加赞赏的。"我握着老人冰凉、松软的手，却难以恢复郝叔的记忆。

　　"爸，就是后来当了副区长的李同学来看您了。"郝为民又试着不断提示郝叔，却又遗憾地对我说："经常连自家人都认不出，恐怕也记不起你了。父亲以前每次在电视上看到你，就夸你从小就看着有出息。"我继续握着郝叔的手，心里感慨人生无常，曾经开朗、喜欢逗乐的郝叔，竟然也不认识我了。

　　"就是曾经给咱们家买过一麻袋土豆的那个李同学看您来了。"郝为民提高嗓门说了一句。郝叔突然把我的手捏紧了，抬头把我们挨个看着，最后眼神定格在我的脸上。"郝叔有反应了，郝叔记起我了。"我急忙喊着。

　　"多年来父亲逢年过节提起最多的就是你。"郝为民有些激动地对我说，"七十年代末，冬菜供应是萝卜白菜土豆老三样，就这样市场还紧张，买一次只给五公斤，也不是每天都有卖，还要排队碰运气。你托亲戚帮我们家买的那一麻袋土豆让父亲记了大半辈子。"

心灵点击

不游泳

盛夏周末，我们几个年轻同事相约去郊外避暑。不远处有个小水库。有人提议到水库游泳。赵波却说："我就不到水库跟前去了。"我说："你嫌水库的水不卫生？"赵波说："大家都不嫌，我哪来那么多讲究。"我说："你怕在水库游泳不安全？"赵波说："也不是。我还是留下看东西吧。"我说："那就辛苦你了。"

有一次，我们要到游泳馆游泳。想起上次赵波在郊外没游泳，我说："这次一定要把赵波叫上。"我去约赵波。赵波却把脑袋摇成了拨浪鼓，说："不去不去，我不游泳。"我刺激他说："你怕身体暴露太多？是不是有啥毛病？"赵波说："就我这体格，说有毛病谁信呀。"我说："你在江边长大，难道还真不会游泳？"赵波笑着摆摆手拒绝了。后来，我发现，凡是游泳活动，他都没参加过，看来真不会游泳。以后再有这种活动也就不叫他了。有一天，赵波在河里救儿童的事迹上了晚报。我问赵波："你不会游泳，还敢下水救人？"赵波说："谁说我不会游泳，我小时候参加比赛还拿过奖。"我说："可从不见你游泳。"赵波把我拉到一边，悄悄跟我说："小学三年级的时候，有一次，几个小朋友到河里游泳，正是雨后，水流湍急，有个小朋友刚下去就被河水冲走了……我从此再没下过水。"我说："受了刺激，心里有阴影。"赵波说："这事本应马上回来告诉家长们的。可当时吓蒙了，跑回家再也没敢出门……昨天路过河坝，碰到有人在水里挣扎呼救，我好像又看到了当年的小朋友，一下子就跳了下去。"

酒后电话

那天晚上，我已经睡下，手机铃响了，是同事周蒙。周蒙结结巴巴地说："我请他吃饭，他偷着把钱付了……看不起我。"周蒙下午说来了个老乡，晚上请老乡吃个饭。周蒙显然喝多了，我说："老同学、老乡亲，一顿饭，谁付款还不一样。""这点饭钱……我付得起。"周蒙继续说，"他来城里谈业务有啥了不起。这是臊我的皮，打我的脸，我烦……"他不停地唠叨着。我心想，每月还房贷就用去一大半工资，你也别打肿脸充胖子。就这么点事，把我从梦中捞起来。你烦，也不能不让我睡呀。

没多久，又一次，后半夜了，我在写东西，手机铃响了，又是周蒙。我打开手机。周蒙半天才开腔："科室那么多人，能写个像样材料的都没有。闲的闲死，累的累死。都是怎么混进来的。"显然，周蒙又喝多了。我说："几个小年轻请你吃顿饭，那就是感谢你，最近你搞材料辛苦了。""提拔的时候咋就没人想起我，好事咋不想着干活的……我很烦……"他一直说个不停，挡都挡不住。我没好气地打断他的话说："你烦，我也烦。我在赶稿子，你这一搅和，我连思路都没了。以后喝多酒别给我打电话。"

此后，周蒙晚上再也没给我打过电话。

有天晚上，我也喝了酒。第二天一早，周蒙到我办公室说："昨晚没事吧，打电话说个没完。"我吓一跳，说："有没有胡说什么？"周蒙说："那倒没有。酒后难免断片，是好朋友那时才想打电话。"

后来，每次知道周蒙晚上有饭局，我睡前都会看看手机，想着他或许喝多了会打来电话。

卧　铺

　　他是摄影群里的一个摄友，我没问过他的真名。那次去参加拍摄薰衣草活动，来回坐火车。返回的时候，我俩在硬卧的一个铺间。他上铺，我中铺。晚上八点半发车，第二天早上到家。

　　一进铺间，他脱了鞋子就往上铺攀爬。我说："现在睡，太早了吧。"他边爬边说："不睡觉。在家十二点前也没睡过。"他吃力地把自己顺进了铺位。我说："这么早躺在那里，上面那点空间，憋屈着多难受。底下聊天多好呀，下铺能坐，走廊还有凳子。"他说："还是躺着吧，躺着也能聊天，咱不是买的就这票吗。"

　　我不习惯一直仰着头聊天，说了没两句，就到隔壁铺间和别的摄友闲聊去了。约莫半小时后，我又回到自己的铺间。他把头朝外伸着说："真是腰痛。"我说："摄影的确辛苦，一天下来叫人直不起腰。"他说："摄影还好些，这卧铺实在叫人难受。就这么直挺挺地躺着，腰都要断了。"我说："下面空间大。再不下来，一会儿就熄灯睡觉了。"他苦笑一下说："忍忍吧，谁让咱买了这票呢。"

　　第二天一早，快到终点站了，乘务员催了好几次，他才下来匆匆洗漱。他显得很疲乏。我说："你平时出远门坐什么？"他说："坐飞机呀，都是公差，肯定坐飞机的。多年没坐火车了，这次是个人掏钱，就一夜的路程，领队就该给大家节省费用，买成硬座票。像现在多花钱还遭罪。"我说："买卧铺就是睡个觉，一直躺在又高又窄的卧铺上肯定难受。"他说："既然买了卧铺，凭啥要让它空着？"

药引子

五爷（我该叫太爷）在外为官多年，见过世面，懂方事。告老还乡后，免费为乡亲医病开方。五爷用的药引子并不难觅，也不值钱，但却难为过几个人。

赵六有段时间说头晕。五爷给开了药，用的药引子是红薯叶上的露水。赵六第二天天不亮就起床，打着哈欠，在自留地小心翼翼地收集着红薯叶上的露水。赵六心里埋怨五爷，生生把自己晚上那点爱好给耽误了。不过坚持三个月下来，赵六的病就好了，再看看邻家茂盛的庄稼，自己的爱好也戒了。

李三脚病复发，整日臭气熏天。五爷说："抓紧治，要不这日子可没得过了。"五爷给开了方，还特别嘱咐，药引子必须是媳妇娘家锅里的白开水底子。李三难为了几天，只好每隔一天到丈母娘家一趟，烧了一段时间开水。一个月的功夫，脚病痊愈，夫妻俩又高高兴兴过起了日子。

王五老婆的病五爷却没看好，是块多年的心病。五爷嘱咐王五，药引子要用亲儿子的眼泪。这可难为王五了，儿子是独苗，外出闯荡好几年，在城里还没站稳脚，回来的路费也不是小数。儿子把眼泪滴到小瓶里，托人捎回家，没想到那人半路上把小瓶挤碎了。没过多久王五的老婆就过世了。五爷从此不再开方。

后来父亲有次回老家，与五爷聊起药引子之事，五爷说："当年赵六染上赌博，昼宿夜出，地都荒了，哪还有不头晕的。李三两口子闹别扭，媳妇回了娘家，李三给岳母家多干几天活，夫妻自然和解，脚气也不是大病。至于王五老婆那病，就是思儿心切。但事情做成那样，什么药引子都不好使。"

父亲的小板凳

接父亲进城住，顺子说："爸，城里什么都有，您就少带点儿东西就行了。"父亲就带上了一个又旧又小的板凳。早上，父亲拿着小板凳到阳台听广播。顺子把专门给父亲准备的躺椅搬了过去。顺子说："爸，您这小板凳在城里根本用不上，在新房子里也扎眼，收废品的都不要。"父亲没答话，把躺椅立到墙边，坐到了小板凳上。吃过晚饭，一家人坐在客厅看电视。父亲把小板凳放在沙发前面，自己又坐在小板凳上。顺子媳妇坐在沙发上看了顺子一眼，顺子冲父亲说："爸，您这么坐着不合适，我们没地方坐了。"父亲回头看了顺子一眼，勉强坐到了沙发上，却把小板凳也拿到了沙发上，左手还把它当个扶手。看完电视，父亲又把小板凳带回他的房间。父亲出门遛弯，看人下棋，都忘不了带着他的小板凳。那天同事举行婚礼。顺子说："爸，今天和我们去参加个结婚典礼吧。""好。"父亲爽快地答应了，临出门顺手又提上了他的小板凳。顺子停住脚，有些哭笑不得地说："人家婚礼在大酒店举办，不需要自己带凳子。""知道。带着随时在外面坐坐，又不占他们的地方。"父亲固执地说。顺子没挪脚步，有些生气地坚持着："爸，太难看了，您就给我点面子吧。"父亲瞪顺子一眼说："怎么就太难看了，这是你妈当年过门唯一还在的陪嫁……"

祭　奠

中秋节下午，全家人围坐在饭桌旁。我端起酒杯说："妈，您先说几句话，咱们好开吃。"母亲说："那么着急干啥？"我说："该到的都到了。今年是咱家人最齐的一个中秋节。中秋节有小长假了，要好好庆贺一下。我都有点等不及了。"母亲说："就知道吃。"母亲不动筷子，就没人先动。

我端着酒杯，看着母亲说："该上的菜也上齐了，鸡鸭鱼肉都有，荤素冷热齐全。您不发话，我们也不好吃喝。"母亲说："也不能一坐下就吃。"大家互相看着，一时摸不着头脑。

母亲微微笑了一下，说："以前这么大的节，吃喝前都要祭奠一下。今天聚到一起，我就把过去的事想起来了，你们可能都没有多少印象。"我说："那还真是没有印象。我懂事起只知道这是迷信。要是祭奠，起码得有个仪式，还得搞些道具吧，这要提前做准备。"

母亲没说话，拿了个空碗，夹了一点鱼肉，又在几个盘子里象征性地各夹一点菜肴，放到碗里，叫上宝贝孙子，一起去了阳台。不到两分钟就回来了，母亲端起酒杯，说："现在可以喝了。"我说："祭奠还搞不搞？"母亲说："已经祭奠过了。"

酒过三巡，我跟母亲说："妈，您刚才领着孙子到阳台去那一会儿，那就算祭奠了？也太简单了吧，碗里那点菜都没盖过碗底。"母亲说："多少其实就是个意思。重要日子祭奠也是个形式，关键是有空闲要先想想干过的事，别一坐下就光顾着自己吃喝。凡事从内心对自己、对别人都能有所交代，哪怕用筷子蘸点汤汁在桌子上点两下，也该算是祭奠。"

手机无处放

那天好友小聚，我到时大家谈兴正浓，待我把手机放到餐桌上，立刻鸦雀无声。张三朝我的手机直努嘴。李四说："聚会逗乐子，难免没轻重，千万别用手机录音录像，更不能发到网上去呀。"我没在意，随口说："别胡说，朋友间谁还干那事。"李四似乎很认真，耿着脖子说："那么有名的角儿，那么好的朋友，录了像都往网上传，还闹得沸沸扬扬，你难道不上网、不看新闻呀。"再看桌上，果真就我一部手机。我不情愿地把手机放到屁股后面的座椅上。没过两天，去找老同学办事。我进门后还是习惯地把手机放到他的办公桌上。老同学电打似的躲闪到一边，大叫道："干吗，干吗呀，不就是办点事吗，用得着掏手机吗？"我突然想起那天李四的话，就赶紧把手机调成静音，放到口袋里。老同学这才与我握了手说："这还像个老同学的样子。"从老同学那里出来再看手机，竟有领导来的好几个未接电话。再拨回去，却被劈头盖脸训了一通。我跟跟跄跄一路小跑着到领导办公室解释，领导躲闪着说："你这是要干什么，跟领导说话怎么还拿出手机呢，不就批评了你几句吗？"

我该把这姥姥不疼舅舅不爱又须臾不能离的手机放哪儿呢？

香　梨

　　董明的父亲给董明的爷爷上坟，库尔勒香梨是每次都必带的。直到父亲岁数大了，身体明显不支，不能出门了，重要节日也不能亲自给董明的爷爷上坟了，还不断地提醒董明上坟别忘了带梨。

　　春节上坟，父亲嘱咐董明说："别忘了给爷爷买梨。"董明说："没问题，您放心吧，几个梨的事，我忘不了。"父亲却似乎又自言自语道："这不是产梨的季节吧。"董明说："现在贮藏技术好，门口超市就有，副食店都有，多得是。"

　　清明节上坟，父亲提醒董明说："别忘了给爷爷买些梨。"董明说："您放心，您交代给我的事，我一定记着，挑最好的买。"父亲却很快又自言自语道："这好像还不是产梨的季节。"董明说："您就把心放到肚子里吧，现在只要有钱，什么好吃的都能买到。"

　　十月中旬，爷爷祭日上坟，父亲头三天就催董明去买梨，还念叨着说："梨子是不是还差几天才下来。"董明说："现在也有早熟的，一年四季都有，不过也该给爷爷换换口味了。"父亲瞪着董明不说话。董明很快就把香梨提前买了回来。

　　父亲去世后，董明要去给父亲和爷爷上坟，突然想起父亲每次都让买梨子的事，就问母亲缘由。母亲叹了口气，说："听你父亲说，三十年前，你爷爷去世，临终前想吃香梨，你父亲跑了大半个城市没买到。商店的人说季节稍早了点，不过用不了几天就下来了，让再等几天。你爷爷却没熬过那几天。"

台 阶

母亲年纪大了，仍坚持自己住。惠轩那天回去看母亲，母亲说："这么久也不来。"其实就隔一天，只是母亲的阿尔茨海默病症越来越严重了。惠轩萌生了退休伺候母亲的念头。惠轩盘算着，自己的工龄也有三十多年，按规定本人写个报告，单位负责人审批一下，就可以按程序办理退休手续了。

惠轩把退休报告呈递上去。领导很认真地说："你这年龄，这经历，这能力，是要考虑尽快上个台阶了。谁家老人都希望儿女有进步。"领导退回了惠轩的报告，提醒说："看看你的前几任，最后都上了台阶，怎么你就没有事业心了。再说，能干的早退了，大家怎么看我们领导。"

回到办公室，对桌知道了惠轩的事，劝说："熬吧，熬着熬着就上台阶了。一上台阶就熬出头了。"

惠轩把退休的想法告诉他爱人。爱人满脸不高兴："你那么玩命地干，最后怎么也应该上个台阶，那样也能把刚参加工作的儿子照应几天。"

惠轩又把退休的想法在母亲跟前念叨了一下，原本没想有答复，可母亲竟然说："我养了你们两个都指望不上，你只有一个孩子，要是不上台阶有个待遇，老了不是更麻烦。"惠轩有些生气地说："那以后就甭说我好久不来。"母亲的脑子时好时坏。惠轩刚转身到外屋给母亲倒了杯水，母亲却又说："怎么出去这么久才回来。"

不久后的一天，领导真的宣布惠轩上了个台阶。惠轩急着回去把喜讯告诉母亲，刚进家门，却发现母亲摔倒在阳台的门槛上，那里也有个台阶。

太阳从西边出来

忌 日

村西头刘大爷原来一年都赶不了两次集，上年纪腿脚不利落了，却让我碰到好几次。有次我早起去拾粪，在村头碰见刘大爷。我问："大爷这是要去哪儿？"刘大爷说："去集上。"我说："您记错日子了。逢五小集，逢十大集，今天初一不是集。"刘大爷说："买点东西急用。"我说："您有仨儿子，叫他们去。十几里路呢，当心身体。"刘大爷笑了笑，往县城方向去了。

又有一次，天麻麻黑了，我到村口水井挑水，看见刘大爷往村里走。待到跟前，我说："大爷这是去哪了？"刘大爷说："集上。"我说："今天初一呀，大小集都不是。"刘大爷语塞，好一会儿才说："城里馆子吃的面，喷香，不信你闻闻。"我说："您有福，人老了，把家产全分给仨儿子，他们轮流管饭，您还在城里下馆子。"刘大爷笑了笑，往回走了。

刘大爷几次都是初一去赶集。有天晚上，我路过刘大爷三儿子家门口，听见两口子低声吵架。老三说："你一到初一就回娘家，我和孩子也没口热乎饭。"媳妇说："一家管爹一旬饭。老二家管中旬，没得说。我们管下旬，逢小月比他们少一天。大嫂早盯着这一天，她也常初一回娘家，就是想要爹在咱家待够十天。我也不想常往娘家跑，初一简直成了个忌日。"

后来"割尾巴"时，县里的大小集都取缔了。没多久，刘大爷就去世了。刘大爷去世那天是个初一，这忌日竟被三儿媳提前说中了。

这是我小时候听爷爷讲的。爷爷说："怨谁？刘大爷他爹当年死在自己屋里好几天才被发现，忌日是哪天都不清楚。"

尾 巴

一匹野马来到野猪的面前，傲慢地打了几个喷嚏，说："哎哟哟，野猪兄弟，你那屁股上长的是个什么呀。"野猪甩了甩尾巴说："你说的是尾巴吧。"野马甩着自己长长的尾巴说："猛一看，我还以为是屁股上塞了个小木橛子呢。这也能叫尾巴吗？"野猪歪了野马一眼，说："你说啥样的尾巴才能叫尾巴？"野马使劲甩着长尾巴说："当然是我这样的。瞧瞧，飘逸潇洒漂亮，这才配得上尾巴的称号。"野马边说边撒欢甩着长尾巴跑了。

野马在附近跑了一圈，又回到野猪跟前，甩着尾巴说："你看看你那夸张风趣的小木橛子，近看竟还细得像条小泥鳅，能有什么用处。"野猪说："泥鳅自然有泥鳅的作用。"野马昂起头，用尾巴扫着肚子说："能像我这样拍打蚊蝇，够得着自己的肚皮吗？要不我给你帮帮忙？唉，一个没什么用处的东西，还偏偏放在显眼的地方。"

野马顺带着又把羚羊、大象以及犀牛等动物的尾巴奚落了一通，说："上天简直就是在开你们的玩笑。"

野马正冷嘲热讽地说着，野猪突然竖起尾巴。野马很是不屑，说："竖起来怎么着，尾巴尖还卷起个滑稽可笑的小圈圈……"野猪一阵狂奔，边跑边回头对野马大喊道："难道你要让自己成为狮子的午餐吗？"野马反应过来，慌忙夺路而逃。跑到安全地方，野猪对野马说："大家的尾巴都有各自的用处。我的'木橛、泥鳅'关键时刻可以竖起来报警，提醒大家。你那拖拖拉拉的尾巴能行吗？"

太阳从西边出来

90

分不清

　　闺蜜晓霞常在晓梅跟前埋怨爱人不做家务。

　　有一次，晓霞一见晓梅就说："太气人了，他早上洗漱完，竟然不把洗漱盆清理干净，留着半盆污水就上班去了。"晓梅说："可能想着别的事，就给忘了吧。我爱人也有这样的情况。你把污水放掉不就行了。"晓霞说："这样的事情要分清，你让他一寸，他就会要一尺。我才不惯他这臭毛病。我也有单位，谁都忙。"

　　又有一次，晓霞跟晓梅聊天说："家里没一天是利落的。今天早上，他居然上完厕所连马桶都冲不干净。我揪着他的耳朵去把马桶又冲了一遍。"晓梅说："有时水量小也会出现这种情况。你再冲一遍不就行了吗。"晓霞说："冲完水就不会等着看一下吗？这样的事情不分清不行，天天跟在他屁股后面收拾，谁受得了？"

　　上周末，晓梅到晓霞家，约她一起逛街。晓霞倒了两杯茶，两个人又闲聊了一会儿。晓霞说："昨晚，他端着饭碗就坐到电视前看足球赛，我做饭洗碗，他连桌子都不帮着擦一下。"晓梅说："最近是直播，男人们大多喜欢看。"晓霞说："擦个桌子也用不了两分钟，刚分清楚没几天的活，他昨晚又甩手。啥活都等着我干，我也不是吃闲饭的。"

　　两个人临出门，晓梅说："把喝茶的杯子洗了再走吧。"晓霞说："家务活都干完还不到下午了。晚上再说吧。"晓梅说："你爱人回来看到这么乱不生气吗？"晓霞说："他凭什么生气！他看到杯子没洗应该主动洗了才是。我为这个家也是整天忙里忙外的，就洗这么两个杯子，他还要跟我分那么清？"

三片地瓜干

20世纪60年代中期，我四五岁的时候。那是个夏天，院门虚掩着，我在院里玩。临近中午，有人敲门，我小跑着去开门。门口站着个男人，我不认识。他伸了一下手，说："后官庄，要饭的。"我到囤子底下抠出三片地瓜干，捧到大门口，递过去。他没接，看着我说："大人呢？"我说："俺娘在做饭。"他笑着点点头，接了地瓜干走了。

吃饭时，我把这事告诉母亲。母亲立刻起身出去，打开大门往外看，回来说："咋不早说。现在要饭的不多了，后官庄离咱十几里，都沾亲带故的，不是万不得已谁会登门要吃的。"我说："给了三片地瓜干，一大捧。"母亲摸摸我的头，没说话。

后来，我们搬到了新疆。

前几年，十九省市对口援疆，我遇见一个年轻老乡。我请他吃饭。他送我一个礼盒，说："老家特产，辣味地瓜干。里面有几小袋，一袋就三片。"我双手接过，说："大老远的，稀罕物。"老乡说："的确，穷的时候稀罕，富了还稀罕。父亲曾提起，有年歉收，他去要饭，有个孩子给他三片地瓜干，让他终生难忘。我哥牵头成立专业合作社，专门注册了'老三片'商标，收购周边各村地瓜，进行深加工开发，带动大家致富。"我说："刚听你说，咱们老家还是一个县的，你们那叫什么村？"老乡说："后官庄村。"

我把地瓜干带回去，让母亲品尝，把见老乡的事告诉了母亲。我说："您一定不记得当年那三片地瓜干的事了。"母亲说："从困难中过来的人，吃的事哪会轻易忘记。那天午饭都熟了，该给人家碗热乎饭。"

这事不能怨别人

我从集团公司退休没几天，人事部张部长就给我打电话："老李，集团公司控股的天洋公司要聘你去帮忙，领导让我做你的工作。你一定要卖我这个老面子，不能拒绝。"我说："让我去也行，月薪不能低于他们中层负责人。"张部长说："那可是上市公司，你要价是不是太高。"我说："我已经退休了，就想回家伺候老人。我压根不想去拿那高薪。"张部长说："要不你先做好去的准备，我给领导汇报一下。"一会儿，张部长的电话就来了："领导同意了，让你明天去报到。"

有一天，我回集团本部办事，在洗手间里听到老王和老刘正说我的事。老王说："真看不出来，老李居然敢提出要天洋公司中层的薪资，他还真吃上了天鹅肉。"老刘说："怪不得他退休时那么高兴，原来退了休要去发财呀。"老王说："他也算老同志，平时看着挺本分，关键时刻敲竹杠。听说有部门负责人已经建议把他的薪资降下来。"

第三个月，果然我卡里少进了钱。天洋公司说还是找集团公司反映一下。我联系张部长，他含糊地解释说："钱是财务部门的事，我只管安排人。"

有次碰见张部长，我说："忙什么呢？"他生气地说："刚组织完活动。集团和下面公司中层一起去的，人家的待遇和我们比那是天上地下。集团还是他们的出资人呢，根本不是一个层次，福利待遇却处处不如他们。"我说："这事不能怨别人。我退休前也是集团中层负责人，到天洋公司上班，你们不是也认为我拿了高薪，建议领导给减下来的吗？"

缘　分

　　退休后，我喜欢到戈壁滩捡石头，而且很有石缘。

　　有一次，我捡到一块象形奇石，活像卧着的一只绵羊。团队成员人人称奇，说有缘分。有队友当场愿出钱买下，被我婉拒。晚上到家，我先把绵羊奇石拿出来，让夫人欣赏。夫人把玩着说："的确是神形兼备。真需要有缘分才能捡到。"我说："昨夜梦里都在捡奇石，今天下车后又走了十几公里，才捡到的'这只羊'。"

　　又一次，我在乌尔禾捡到一块黄色宝石光。大家啧声不断。领队说这是他带队多年来见队员捡到的最好的宝石光。晚上到家，我把宝石光从内衣口袋掏出，在夫人眼前晃着。夫人说："果真有珠光宝气之感。"我说："我跟这块宝石光更是有缘。几个月前曾去过那片戈壁滩，似乎就碰到过它，在地表只露个尖尖，当时天色也有些晚了，匆匆一晃而过，没想到这次竟还能碰到，你说是不是缘分？"

　　每次出去都捡到令人羡慕的石头，不得不说我和石头真有缘分。

　　那天，我捡石回来，又跟夫人显摆得意的收获。我感慨地说："其实，缘分也是平时用心的结果，用心才能有缘，否则，茫茫戈壁，昼夜风沙，别说一块小石头，就是个小山包，隔了那么长时间，也不一定能再找到。"夫人说："捡石头能锻炼身体、陶冶情操，这我支持。你还悟出用心才能有缘这样的哲理，更是难得。不过，你是不是也该在我这里稍用点心。家里的水表充值卡，你装在身上一个多月，也不见充完值，下午突然没了水，我要不到超市买回两桶矿泉水，你今天和家里的晚饭就先没了缘分。"

写本书

我四十五岁那年，吃年夜饭，酒菜刚上桌我就开喝开吃。母亲说："过去逢年过节，要祭奠一下才吃。"我说："祭奠谁呀。"母亲说："能想到的都算吧。有年中秋，你爸一回家就吃，让你奶奶一筷子打了回去。你爸说：'现在破四旧。'奶奶说：'祭奠一下也是四旧？大家都是从石头缝里蹦出来的？'"我说："那天祭奠了没有？"母亲说："你爸像做贼，把门关好，祭奠了一下，还嘱咐不能到外面说。"我说："我已是不惑之年，妈以后多讲讲过去的事，我写本书。"母亲笑着说："那要看你的时间。"几年后，母亲病了，我请半天假照顾母亲。闲聊时，母亲说："要在以前，这点病不算什么，可这次硬是下不了床。"我说："您也七十多岁了，岁月不饶人。"母亲说："七十年也是一晃就过了。可你姥姥不到四十岁就去世了，那时有病也看不起……"母亲又讲了她小时候的一些事。我说："妈，您常把这样的事讲给我听，我一定写本书，把这些写进去，传给后人。"母亲说："那你就多抽些时间来。"计划写书的事，跟母亲承诺了四五次，前后隔了十来年。去年，我被派去驻村一年。快到年底的时候，我又想起写书的事。我盘算自己工龄已三十多年，又完成了驻村任务，回去就申请退休。退休后时间充足了，多让母亲讲讲过去的事，尽早动笔写书。

可回家后我却傻了眼，母亲已经不能用语言正常交流。姐姐说："怕你大老远着急，一直没告诉你，本来也八十多岁的老人了，入冬后又摔了一跤，说话就越来越不利落了。"

考　察

　　董爷爷是我家邻居。跟董爷爷聊天，常能受些启发。

　　那天，听说我要被提拔为门市部主任，董爷爷竖起了大拇指。我说："现在正在考察我呢。"

　　董爷爷说："我年轻时在铺子里当伙计，掌柜的对我们其实也有考察。"

　　"有一次，晚上打烊后打扫过道，我发现墙根有一块钱。当时没别人在场，我捡起来，第二天一上班，交给了掌柜的。掌柜的接了，随便往桌子上一扔，说：'看看是谁掉的就拿走，没人要就放到钱箱里。'快到中午时，小侯说那是他的钱，掏口袋时不小心掉到过道里的，他就把那钱拿走了。"

　　"又有一次，掌柜的让我到钱庄存钱。掌柜的说：'一共五千六百块，你去存到对面钱庄。'我到钱庄柜台一数，五千八百块。我赶紧回来跟掌柜的说：'掌柜的，您可能数错了，刚才给我存的比您说的多二百块钱。'掌柜的很吃惊，说：'相差那么多？我真是年龄大了，脑子不好使了。'"其实，这些事我也并没怎么记清，是多年后妻子提示我的。妻子说这些事时，我还回忆了好一会儿。"

　　我说："您妻子，不，是董奶奶。董奶奶是怎么知道的？""掌柜的女儿后来就成了我的妻子。"董爷爷笑着说，"那就是掌柜的在考察我们。考察的办法肯定还有更多，而且时不时都会考察你，也不会提前告诉你。估计妻子也不全知道，或知道了没全跟我说。小侯没多久就被辞退了。掌柜的说外面打仗，生意不景气，给了小侯一些钱，还说了些感谢、祝福的话，就让他走了。估计小侯一辈子都不会知道被辞退的真正原因。"

一层纸

　　农村老家的房子是独立的前后院，后院住人，前院是竹园，园里有个柴房，做饭取暖的柴火都在里面垛着。有年冬天，奶奶不让我去竹园玩。奶奶说："里面闹鬼，让鬼抓走就见不到奶奶了。"我听了浑身冷飕飕的。

　　那天下午，奶奶从竹园拿柴火回来。我说："奶奶，您咋就不怕鬼。"奶奶说："现在天亮，鬼不敢出来。"我说："奶奶天黑再去竹园，把剪刀带上，要不碰到鬼就麻烦了。"奶奶说："天黑我也不去竹园，有鬼就让它闹腾去，不信还能翻天。"

　　有天早上，奶奶从竹园拿柴火回来做饭，说："昨晚又乱翻腾。"我说："鬼咋就爱到竹园里。"奶奶说："竹园里有草有柴，大冬天的，鬼也怕冷。"我说："那就告诉民兵连长，他们有枪，一定能把鬼抓住。"奶奶说："不用，春天过后就好了。"

　　春天过后，果然再没听奶奶说鬼的事，但我还是害怕，白天也不敢一个人去竹园。

　　后来，要清理竹园，给本家四叔盖房子结婚用。我跟奶奶说："奶奶，竹园有鬼，四叔不害怕？""哪来的鬼。要说鬼也是懒鬼。"奶奶笑了笑，朝一个远房叔家方向努努嘴说："秋天队里分的柴火不够烧，自己偷懒也不多捡点，冬天没得烧，就偷别人家的。我也是心疼他老婆有病孩子还小，就睁只眼闭只眼，不跟他计较。"我说："那您还骗我不让去竹园。叔对我可好了，还给过我糖吃呢。"奶奶说："人也很复杂，本来好好一个人，一旦动了邪念，跟平时就不一样了，对谁都会有危险。是人是鬼，其实有时就隔了一层纸。"

认　可

到殡仪馆参加老友的葬礼，在大厅外有人跟我打招呼。没等他自我介绍，我就握住了他的手，说："你是赵斌。过去在干市容协管的时候常加班，很辛苦。"赵斌说："加班也高兴，对我们这些'40、50'下岗人员来说，有活干就不容易，也很珍惜那样的机会。"

我说："刘锋现在干什么呢，当时你们在一个组。上次他老远看到我，却拐进巷子里边去了。"赵斌说："他和我是一批的。我知道他为干协管还专门找的你，你们从小在一起玩大的。他也很感激你，常跟我说起你。"我说："刚开始可能是你说的那样，但后面就对我有意见了。就是因为他想把他媳妇也办到协管上来，我没同意。"赵斌说："是的。因为有你这层关系，他当时很有把握，万没想到你不同意。"

我叹了口气，说："一家人在一个部门不合适，再说，那时社会就业压力也大，他家来两个人，更需要安排的人家机会就少了。只是我没想到多年的发小，因一件事没满足就可以翻脸。"赵斌说："他也是两口子前后都下岗，坎坎坷坷不容易。可能关系越好，希望越大，失望也就会越大。"

我看着赵斌，说："要是都有你这样的想法就好了。"赵斌说："刘锋本来说今天要来的，却到现在也没看到他，他昨天还说，去世的老爷子对他很不错。"我说："事事都让某个人认可也不可能。"赵斌说："这正是大家认可你的地方。你当年要只为自己的亲朋好友办事，我们就不会认可你了。能坦然面对每一个故人，更是一种认可。"

不想坐

　　跟夫人乘公交车出门，专门错开上班高峰期。落座不一会儿，就到了下一站，上来一位老人。我起身让座。老人谢过就坐下了。老人又抬头看我一眼说："不好意思，看您也有年纪了，还给我让座。"我说："别客气。从懂事起我就给别人让座。以前五十岁以上就是老人，现在我也五十多岁，可感觉比我老的人越来越多。我就站着吧。"夫人说："可你现在是要去看病。你是病人。"我说："再有空位置，我就不让了，也该坐坐了。"

　　快到下一站，老人看着我，指指前排的空位置，是有人起身准备要下车。我顺势坐下，心想，尽管嘴上说要站着，可有位置谁都想坐。车停后，上来一大帮老人，像是晨练结束买了菜回家的。我和夫人同时让了座，还有几个年轻些的也让了位，老人们也没客气，孩子般抢着座位坐下了。

　　夫人说："我们这岁数倒成了年轻人。"我说："这是好事。生活条件好了，人的寿命长了。你我心态好，永远不会老。当然，我现在是个病号，再有位置，一定要坐坐。"

　　又要到站了，空出两个位子。夫人说："总算轮到我们坐一下，再不坐就到终点了。"我说："你坐吧，我现在突然又不想坐了。"车停后，上来一位妇女，看了看我，她就坐下了。夫人看我一眼，我装作没看见。下车后，夫人说："刚才那人比我们要年轻许多。"我说："其实我老远就看见她那抢眼的黄马甲了。这个时间环卫职工刚下班，她们凌晨上班，站了那么长时间，她们最需要坐坐。看见那人，我又不想坐了。"

担　心

出差第二天，爱人给我打电话说："给妈送的饭，她说啥都不吃，看来非要你送来才肯吃。"我说："你就给妈说是我做的，是我让你送的。妈也是八十多岁的老人了，脑子时好时坏的，你想办法骗她一下就行了。出差在外，事没办完，哪能说回就回。"爱人说："往常你出差都是骗一下就过去了，可这次说啥也不灵，非要看到你才吃，还神神道道说了很多话，我也听不清楚。"

我拿着手机，想了好久也没有更好的办法，就跟爱人说："你把手机给妈，我跟妈说。"接着，就听听筒里面传来妈细弱的声音："谁呀？你是谁呀？我怎么听不清呀。"我说："妈，我还没说话呢，您肯定听不清。我现在在外地出差，过几天就回去了。您要好好吃饭，我过两天回去再给您送饭。"母亲还是一个劲地重复说："我听不清呀，我听不清呀。"不过母亲的语气显然没有一开始那么急。我又跟爱人说："可以了，先这么着吧，再辛苦你几天。"

没一会儿，爱人给我打来电话说："接了你的电话后，妈就再没说什么，乖乖地把饭吃了。看来还是妈想儿子了。"我说："那也不对呀，往常都是我出去四五天以后，妈才想起来问我的去向，这次怎么第二天就知道找我。"

出差回来，一下飞机，我就和爱人一起直接去见妈。妈看到我，脸上显出惊恐，说："没抓起来吗？"我笑着说："您别开玩笑，我是公安局的，抓别人的。"

爱人跟我说："我突然想起来了，你出差走的那天晚上，电视上说有个地方的警察违纪违法被逮起来了。"

太阳从西边出来

烤红薯

甜甜晚上跟妈妈说："妈妈，我放学不想让奶奶接我了。"妈妈说："你爸这次去培训要好几个月，我也保证不了能按时接送你，奶奶是专门为你从老家来的。怎么第一天就说这样的话。"甜甜说："我想吃烤红薯，奶奶不给买，还拉着我快快走。"妈妈语塞，心想是自己不对，竟忘了给老人些零用钱。想到这里，妈妈说："都是妈不对，不能怪奶奶。明天再碰见卖烤红薯的，奶奶就会给你买了。"

第二天晚上，刚吃完晚饭，甜甜到厨房跟正在洗碗的妈妈说："妈妈，今天我说买烤红薯，奶奶都不往跟前去，拉着我绕一个大圈往回走。我不想让奶奶接我了，我可以自己回来。"妈妈很纳闷，也可能是婆婆看不惯城里孩子的娇惯，也不懂给孩子加餐的事。想到这里，妈妈说："你也要减少零食，三餐吃饱饭。"见甜甜噘着小嘴不高兴，妈妈又说："这事还是妈妈的问题。奶奶对你的习惯还不熟悉，我跟奶奶再说说吧。"

以后，奶奶果然变了样，每天换着样给甜甜买面包、牛奶、水果，但就是不买甜甜最喜欢吃的烤红薯。甜甜在妈妈跟前埋怨好多次。妈妈给婆婆也提示了好几次，可甜甜依旧吃不到烤红薯。妈妈实在没了辙，就给爱人打电话时顺便说了这事。爱人笑着说："这事也怪我，从来没跟你说起过。老家过去每天三顿都吃红薯和红薯干，一家人吃到吐酸水。母亲以前发过誓，要让子女好好学习考上大学离开农村，不再让后代吃红薯。"

找不到

　　清明节，我去东山公墓给父亲扫墓。回到家，母亲问我说："你也到你小姨的墓上去了吧，这是她去世后的第一个清明节。"我说："妈，我不能向您撒谎，我找了好长时间也没找到。去年秋天，小姨的骨灰从殡仪馆寄存处迁往公墓下葬的时候，我正在内地出差，没赶上，一直都不知道小姨的墓在什么位置。上午，我又专门给表妹打电话询问，表妹也只说了个大概的方位，我找了好一会儿也没找到。不过，我在公墓的祭奠焚烧区给小姨烧了纸钱。"母亲轻轻叹了口气，没再说什么。

　　又一年清明节，我去父亲的墓地祭奠。回到家，母亲又问我说："这次你也去你小姨的墓上祭奠了吧。"我说："上次清明节的时候就没找到。公墓那么大，这次的确还是没找到。大娘的墓也在东山公墓，大娘去世的时间更长，我也一直没找到。不过，我还是在祭奠焚烧区里给小姨和大娘都烧了纸钱。"母亲一直没说话。我感觉母亲脸上明显挂着不愉快，就跟母亲解释说："东山公墓扩展的速度也太快了，墓碑一年比一年多。公墓里有小区，有街道，简直就是个城市，要想具体找谁的墓碑，那简直是太难了。"母亲说："照你这么说，你父亲要是地下有知，对你每次都能找到他的墓，还要感到庆幸。"我半天接不上母亲的话。母亲说："一块墓碑立在那里一年多，你却说怎么找都找不到。你小姨健在的时候，那年她家刚搬到大老远的新小区，连门牌号都还没有，你为找你小姨帮你领导的家属急着办工作调动，大半夜你都能找得到。"

不懂事

元旦早上起床后，头天晚上的酒劲还没过，我晕晕乎乎就发祝福的信息。陆续都有回复，唯独刘海没有回声。我又给刘海发一遍，结果还是如此。我生气地说："不懂事。"夫人说："跟谁较劲。"我说："刘海。给他发两遍信息，一次都不回。"夫人说："你俩是老同学，几十年的交情，就一个信息，别说伤感情的话。"

我说："刘海上学时就这德行。有一次，他拿我的作业去参考，结果把自己的作业交了，把我的落在书包里。"夫人说："肯定是一时疏忽。多少年的事你还提。"我说："他咋不把自己的疏忽掉。从小就不懂事。"

我气不过，接着说："工作后他也这样。有一次，我们老同学聚会，就他不按时到。给他打电话，他说马上到。让我们等了一个多小时才到。"夫人说："市区到处堵车，堵个把小时也不是稀罕事。"我说："我们离他单位不远，走过来顶多一刻钟。天生不懂事。"夫人说："凡事多体谅，几十年下来是缘分。"

其实，说归说，要是长时间不见刘海，我还会打电话约他坐坐。只是我一生气，才扯了那些老底子。

节后遇见刘海，见他戴着孝牌。我说："你这是？"刘海说："父亲去世了。"我吃惊地说："哪天的事，咋不告诉我。"刘海说："元旦的头天晚上，当时给你打电话，你喝多了酒，话都说不到一块儿，第二天还连续发来那样的信息。"我半天说不出话。

我把这事告诉夫人。夫人说："你还口口声声说刘海不懂事，你再看看你自己，不仅不懂事，简直干的就是混账事。"

倾　听

　　母亲去世前的半个月左右，每天还能在沙发上坐一会儿，说她小时候的事，但言语不清，像是在跟我说，又像是自言自语。我坐在母亲旁边只管看电视，或是看书看报，捎带着也能听上个几句。

　　有一次，我又陪母亲在沙发上坐着，边看电视边听母亲说话。母亲说："你二姨想上学，姥爷不让去，村里哪有女孩上学的，就让她帮着家里干活。你舅是男孩，就去上了学。村里要求，一家至少要有个识字的。"我不时"嗯""啊"一下，表示知道了，实际是应付，心思多在电视上。

　　母亲似睡非睡地停了一会儿，接着说："你姥姥去世早。我那时也就十岁八岁的，还要照看你小姨，她才三四岁。你姥爷干活回来也吃不上个可口饭。别人要给我们找个后妈，你舅就跟你姥爷吵架。你姥爷整天生闷气，还到你姥姥坟上哭过几次。"母亲说话有些断断续续，越说越没了力气。我听着更是吃力，就说："您休息一下，别说那么多了，留着劲多吃点东西。"母亲果真停下不再说，让我扶着睡到了床上。

　　没过几天，母亲就去世了。

　　那天，挚友家存前来吊唁。我把后期这些事告诉家存，并颇为感慨地说："现在工作节奏这么快，大家每天忙忙碌碌，我能在母亲最后这段时间伺候她老人家，母亲临终还能守在跟前，也算尽了孝道。"家存说："其实，老人那是在漫步寻找她的过去，也是在跟你做最后的共享，需要你的倾听。如果真尽孝道，就不该催促母亲，而是耐心倾听，陪老人寻到她的父母、兄弟姐妹、儿时玩伴……完成最后一段心路历程。"

太阳从西边出来

想　辙

　　老韩的老伴儿天天催老韩想辙。老韩的儿子大学毕业后留在省城工作，还按揭买了车。前几天，儿子酒后开车，被认定为醉驾，等待的将是严厉处理。

　　老伴儿说："那可也是你儿子，关键时刻你要给他想辙。"老韩说："我平时没少给他想辙。"老伴儿说："以前没出事，用你想什么辙！"老韩说："你看看我手机，这是前两个月才给儿子发的。前个月是'开车不喝酒，喝酒不开车'，上个月是'敬父母，爱老婆，酒后驾车算白扯'，还没讨老婆，我都提前给他想到了。"

　　老伴儿说："现在短信满天飞，隔着上百公里，发个短信这算什么辙。"老韩说："当面也没少说辙。春节回来，每顿饭都跟儿子喝几杯。我还说，想喝酒就回家喝，外面的酒再好都不能喝，更不能喝完酒开车。这你都是看见听见的。"老伴儿说："可到了场面上，也由不得他。事情出来了，你要想现在的辙。"

　　老韩半天不说话。老伴儿说："要不你去趟省城，托托老同学，找找老关系，没准他们能有辙。"老韩说："醉驾犯了法。这事没人敢应承，答应了也是骗你。"老伴儿说："事情出来了，反正你要想辙。"

　　老韩看了老伴儿一眼，带了点吃的就要出门。老伴儿跟到门口，说："坐公交车是往右走，你怎么还往左走，真是想辙想糊涂了。"老韩说："我不去省城，我这是去上坟。"老伴儿生气地说："这不年不节不忌日的，你上什么坟，现在要紧的是想辙。"老韩说："干了法律不让干的事，活人能有什么辙。我去爹妈的坟前说说，看他们能不能想出辙。"

儿子也发过小广告

儿子大学毕业留在南方的城市，一年后，我和夫人在国庆大假期间去看儿子。早上睡到自然醒，三人一同逛街。刚上路，有个男生递过来一份广告。我制止道："不能乱发小广告，要罚你款的。"男生根本没理我，又递给了我儿子，儿子顺手接了。男生又递给我夫人，夫人看了看我，没接。

没走几步，又有个小女生递过来一份广告。我瞪着她说："年轻轻的，怎不知道维护市容。"小女生根本没理我，又递给我儿子。儿子顺手接了，还道了声谢。小女生又递给我夫人，夫人犹豫了一下，看了看儿子，又看了看我，也接了过去。

一路上发小广告的不少，大多都是年轻人。儿子有些应接不暇，还时不时俯身捡起地上的小广告往垃圾桶里放。我很生气地对儿子和夫人说："你们不能纵容这种行为。你们不但不能接这样的东西，还要批评他们，教育他们。"儿子淡淡地笑了笑，没说话。我又埋怨这样的事居然没人管。夫人歪我一眼说："节假日一大早，别跟谁都过不去。这不是我们那里，这里的市容不归你管。"

晚上，夫人悄悄告诉我，儿子大学刚毕业工作还没着落的时候，头两个月也在街头发过小广告。"是儿子下午给我说的，还不让我告诉你。"夫人眼泪汪汪地说。

埋　怨

　　眼看再跑几步就到车站了，可公交车根本就不等他，启动着开走了。"几秒钟都不能等，你以为是开着飞机呢？"他埋怨那司机。

　　他很快又埋怨夫人了。刚才临出家门，夫人非要他把一袋垃圾带下楼。"要不是拐弯寻那垃圾箱，定不会赶不上这趟车。"好几辆车进站又开走，却都不是他要乘的那路车。"等哪路，没哪路，专跟我作对。"他埋怨道。

　　终于等到一辆。他骂骂咧咧地挤进车。车厢像个罐头盒，谁都做不了自己的主，挤到哪里算哪里。他快被挤成了肉夹馍，车还不见启动。司机不停地喊着"往里走，再挤挤"。再往里，前面上来的就该直接下车了。"瞎耽误工夫。上不来，自有后面的车接着拉。"他压低嗓门埋怨着，他欣慰身边那位高大的小伙子也点头附和着自己。司机又在喇叭里提醒道："前门刷卡的可以从后门上车。"说完司机打开了后门。车外的人竟然都上了车。想想自己费尽牛劲才挤进来，后面的人却轻易就上了车。"凭什么，凭什么呀。"他十分窝火地在心里埋怨着。

　　一路上磕磕绊绊。下了车，他往单位小跑着，他埋怨上季度迟到一次就扣掉可以吃十盘拌面的奖金。他在路口被协警挡住又不得不停住脚步，他差点闯了红灯。"真倒霉，连红绿灯都和我过不去。"他咬牙埋怨道。直到绿灯亮了，他还站在那里嘟囔着，又错过了一波过街的机会。估计他又要被扣掉奖金了。

两口子

春节长假，我和夫人坐飞机从新疆到广州亲家拜年，也是和儿子团聚。儿子今年在他岳父家过年，都是独生子女，我们不能为难小两口。

飞机座位三座相连：夫人靠窗，我坐中间，靠过道是位年轻女士。起飞前，一位约莫四十岁、穿戴讲究的男士过来，看着我说："换一下座位好吗？"又把目光移向了年轻女士微笑着，"我们是两口子。"

"我们也是一家呀。"我看着夫人，心想你们团聚了，还非要把我家拆开不成。夫人冲男士笑了笑，算是对我表述的认可。

男士遗憾地要回原座去，临走依依不舍地叮嘱那位女士："照顾好自己。"

飞机在空中刚平稳，男士端杯咖啡过来。"乘务员不给，说等会儿统一送。谁等得了，我硬给你要的。"男士边说边把饮料送到女士手里。女士顺手接着，喝了一口。

我偷眼瞄夫人，夫人转脸望着窗外。

过一会儿，男士再过来，把自己的外衣脱下往女士身上盖，女士顺势做出闭眼休息的样子。没等我反应，夫人也把座位上的线毯递给了我。

下飞机，夫人边走边说："看看人家多关心老婆。"

有那男士的示范，我低头不语，快步走着，深刻反思着。

到机场出口，那女士却怎么也不和那男士上一辆车。男士拉扯也不奏效。只听女士说："飞机上是给你面子，现在说什么都白搭。早知今日，何必当初。已经晚了。"

　　我悄声对夫人说："我是不是也晚了。"

　　"别恶心人。"夫人挽起我的胳膊，拽着我往前走，"看，儿子小两口接我们来了。"

卡伊普塞斯

晚饭后，我坐在村委会门前纳凉，一位瘦弱佝偻的维吾尔族老太太提着个小塑料袋走到我面前，低声说："卡伊普塞斯。"（注："卡伊普塞斯"，维吾尔语，"麻烦您了"的意思。）我站起身，看到老人提的袋子口露出几颗苜蓿芽。

"谢谢您，我们不买。"我摆手客气着说。同时心里在想，"南疆农村老太太如此会做买卖，不说卖给你，只说麻烦你，明摆着是让你掏钱。前面的地里野生着很多苜蓿，'访惠聚'工作组有九个人，一会儿就能拔好几袋，何必花钱买。"

老人不仅听不懂我的话，似乎还看不懂我摆手的意思，直把袋子往我手上递。

"也许是想要点钱的吧，或许家里遇到了困难。农村人面皮薄，拿点东西做幌子。说声麻烦我，也是句客套话。"我心里说。我拿出五十元钱给她。她摇头不接，还是坚持递着塑料袋。僵持一会儿，她走进村委会大院，片刻把会计拉了出来。

会计懂双语，他对我说："老人是专门给你们送苜蓿的。工作组帮他孙子联系了就业，她说麻烦您了。这季节苜蓿好，吃了可以排毒，不得病。"老人不住地点头，但我肯定她听不懂汉语。

我快快地接过老人的塑料袋，右手捂胸，弓下了身子。我说："那是我们应该做的，不用客气。"老人微笑着转身离去了。

我提着这袋苜蓿，手里的五十元钱不知啥时捏成了小团，我的脸很烫，半天没挪动脚步。驻村也有段时间了，我们还没做太多事情，对这位老人也如此陌生，甚至还误会了老人的心意。我的确该吃点苜蓿了。

望着老人远去的背影，我默默地说："卡伊普赛斯。"

好消息

　　吃过晚饭，老刘和夫人照例出去散步。出小区大门没多远，路边有家店。刘夫人说："这店前阵子一直关门，现在卖起了玉石玛瑙，小喇叭还喊着好消息，所有的商品只卖两折。进去看看，没准能捡个漏。"老刘说："下午路过时我就听到了，就凭他们嚷嚷的那些话，就不是什么好消息。"刘夫人说："那是人家推销商品。听了几句广告词，就说不是好消息，你还成神仙了。"

　　到店门口，刘夫人拉着老刘进店铺。老刘说："我不去，要进你自己进，肯定不会有好东西，你也不可能捡到漏。一听他们说的好消息我就烦，进去了你也会后悔。"刘夫人说："东西到底好不好，是不是真打折，有没有性价比，那要看了才知道。到里面转转，大不了就当散步锻炼身体，没什么可后悔的。是不是好消息，不进店就不可能知道。"老刘说："我懒得进这样的店，要去你自己去吧，我在门口等你。"刘夫人自己进了店。

　　没多一会儿，刘夫人空着手出了店门。

　　刘夫人一路没话，憋了半天才说："还真让你说着了。几串玛瑙手链，比大市场摆摊的还贵。几个镯子倒是便宜，却假，玻璃做的。你倒有先见之明，是不是提前进去过？"老刘说："下午路过，没进去，是听他们喇叭广告判断的。你想，他们无所顾忌地喊：'好消息，某国有企业倒闭，库存玉石商品大放血……'你我都是前些年企业倒闭后的下岗职工，那难处你是不是都忘了？为了多挣几个钱，把别人的疼痛也说成好消息，有这样心态的人，他们怎么可能给你带来什么好消息！"

心灵点击

腾位置

公交车每站上的人都比下的人要多。我一开始还抓着夫人座位的靠背，没过两站，就被挤得松开了手。

距我们下车还有一站路的时候，车刚启动，我就对夫人说："下一站就要下车了，你早出来往前动一下，要不到站后下车不方便。"夫人说："车停下我再起来也不迟，没什么不方便的。不用急，来得及。"我说："你提前腾出位置就会更方便。"夫人回头看了我一眼，说："刚才就让你坐，你不坐，现在这么早让我腾位置。两分钟的时间，你也别过来坐了。"

还有不到半站路的时候，我又对夫人说："马上就到站了，你还是站出来吧，腾腾位置，要不一会儿真下不去车了。"夫人有些不耐烦地说："停车开了车门再起来也来得及。站起身稍挤一下就出去了，很方便，急什么呀。再说，现在腾出位置，你也坐不了半分钟。"

我不再说话。

到站下车，夫人动作还算比较麻利，果真很快就下了车。她在下面不停地招呼我。我却挤了好一阵子才下了车。夫人说："你也没太大岁数，下个公交车还这么慢。"我说："车里人多是一个因素。更主要的是跟你一直不愿提前腾位置有关系。"夫人笑着说："你下不来车还赖到我的头上了。我要是早早腾出位置，除了陪你多挨一会儿挤，对你下车还能有什么帮助？你跟前面的人换换位置不就行了。"我说："话说起来好听。你要早些站起来腾出位置，让我前面的人坐进去，我不也就轻松挪到前面了。你要下车的人都坐在那里不肯腾位置，人家又不急着下车，凭什么给你让位置。"

太阳从西边出来

保温壶

　　和夫人坐火车从广州回乌鲁木齐，有两天两夜的路程。中午发车，第二天一早，夫人说："晚上没睡好。"我说："我也没休息好。这跟昨晚没把保温壶放对地方有关系。"夫人斜我一眼，说："可笑，还讲起迷信了。"

　　又到晚上，车厢提醒要熄灯。我把保温壶放到过道的小桌上，进了铺间，说："这就放对地方了。"夫人说："你还是拿进来，睡觉前还喝水呢。"我再拿来递给夫人，说："你抓紧喝两口，我把壶拿出去。"夫人说："保温壶放在铺间能碍着你休息？说话不着调。"我说："明早你就明白了。"

　　我也喝了些，就把壶放回过道小桌上。回到铺间，夫人不高兴地说："你把那么大个保温壶放到外面，晚上有人不小心碰倒了，更影响别人休息。我看你就是存心不让人休息好。"我说："你就踏实睡觉吧。"

　　第二天吃早餐的时候，夫人说："昨晚果然休息得不错，吃饭也有食欲。不过我不明白，这跟把壶放到外面小桌上有啥关系？"

　　我说："当然很有关系了。第一天晚上，隔壁铺间有位旅客起夜，回来走错铺间，坐到别人身上了，吵吵嚷嚷老半天。我们铺间上铺的那位起夜回来，在过道数了好几遍铺间号才进来，躺下还牢骚了好一阵子。"夫人说："保温壶放在外面更碍事。"我说："我那高大显眼的保温壶放在那里，晚上起夜的人回来，参照着壶的位置，就能顺顺当当找到自己的铺间，也就影响不到别人休息了。别看傻大粗笨的壶，晚上放在铺间里也碍事，但放到外面的小桌上，可就派上大用场了。"

横竖不开心

老梁是我几十年的好友，退休后喜欢上玩玉，过手的虽是些便宜低档货，赔了赚了却都不开心。

老梁那天拿块青玉籽料到我家："八十元淘的，怎么样？""挺好呀，"我接了玉随口说，"自己喜欢就好。"老梁一屁股坐到沙发上说："喜欢倒是喜欢。可下午碰到个熟人，说顶多值七十元。"老梁深深叹了口气，"唉，真叫人不开心，早知道再压压价。"我开导说："退休有个爱好，玩得起，要开心。"老梁斜我一眼噘着嘴走了。

老梁有天又拿了块碧玉到我家："这块是个行家朋友给参谋着买的，一百五十元，朋友说真正捡了漏。""手感油润，的确挺不错的，关键是开心就好。"我接过来看了一下随口说。"好什么呀"，老梁似乎还带着些气愤，"第二天再转市场，有块几乎一模一样的玉，开价才一百三十元，你说怎么叫人开心。"

两个月后的一天，老梁又到我家串门，一进门嘿嘿笑着说："你猜怎么着？上次让你看的八十元钱买的那块玉，一百五十元钱卖掉了，那人还非买不可。""好呀，不但没赔还赚了七十元。"我边倒茶边说。"好什么呀，那人一转身就卖了二百元。"老梁双手一摊，说："你说叫人怎么开心。"

正说着，有玉友给老梁打来电话，说朋友手上有块不错的玉，价格不高，想约个时间让去看看。老梁答应第二天去，放下电话对我说："晚上打来电话，不知道要出什么幺蛾子。"他这回还没买就已经不开心了。

司机老赵

退休那天，我跟同事们道别。刺儿头司机赵师傅说："你当后勤科长这些年，平时也没少搅和你，可真要走了还有些舍不得，以后有用得着的就说。"

我半开玩笑说："少记恨我就谢天谢地了。去年考勤扣了你的年终奖，你唠叨了大半年，巴不得我退休回家吧。"赵师傅说："那是纪律，有规定，我就是闲了牢骚几句。"我说："听说还发誓有机会要还给我。我有事怎么敢用你。"赵师傅好一阵说不出话。

我又说："老赵呀，以后碰见也别不打招呼。"赵师傅说："怎么会。"我说："你以前见我就常绕着走。昨天，我老远就喊你，你还装作听不见绕开了。"赵师傅红着脸说："你见我就是安排事，谁没事愿意往领导跟前凑。"我说："就凭这，我有事更不能指望你了。"赵师傅做着怪脸把嘴噘老高。

看着赵师傅满脸尴尬，我说："我还真有事要麻烦你。我周六回老家，你用私家车把我往机场送一下吧。"赵师傅一愣，说："没问题，几点走？"我说："早上九点。"

周五吃晚饭时，赵师傅来电话："实在对不起呀老李，岳父明早要到医院看病，是已经约好的，刚给我打来电话。"我说："我理解，你有句话我就很感激了，给老人看病要紧。"其实，我那天是故意试探他的诚意，根本没买机票。忙碌了几十年，我还要先睡两天懒觉呢。我心想，他还没明早来电话就不错了。

第二天一早，急促的敲门声把我叫醒。我穿衣开门，是赵师傅。赵师傅气喘吁吁地说："我把岳父放下就来了，总算没耽误送你。媳妇在医院陪她爸。"

细人老马

　　老马做人细心，从办理自家的红白喜丧事便能领教。老马夫人去世，我去吊唁。我拿出五百块钱给老马，说："一点表示，深切哀悼。"老马说："不收同事朋友们的礼金。组织上也有这方面的要求。我连登记簿都没有。你们来我就感激不尽。你要愿意，上个香就可以了。"我说："办丧事要花钱，你夫人我也熟悉。你是单位一把手，其他同事的可以不收，可咱俩是老搭档，我不能空着手来吊唁。"老马态度坚决。我上了三炷香。老马的儿子结婚，我去贺喜。我拿出八百块钱给老马，说："一点心意，衷心祝贺。"老马拒绝着，说："我请的客人不多，都是老朋友老同事，再就是亲戚。礼钱不能收，组织有要求，我也没设签到台。"我说："起码把我吃的酒菜钱付了。小年轻的刚成家，处处需要花钱。"老马笑着说："他们花钱那要靠他们自己去挣。你们来捧场，我就感激不尽了。"老马做官做人能到这一步，也算是无懈可击。

　　后来我奉调到另一个单位工作，和老马的联系就少了，平日里多是打电话互相问候。

　　两年后，突然得知老马得了癌症，发现时已到晚期，不久就去世了。我竟没来得及在老马生前去医院看望他。我立刻前去吊唁，心想这回一定多带些礼金，也算对自己心里有个安慰，这回老马可没法阻止了。

　　到老马家，我拿出一个信封，给老马的儿子，说："这是我的一点礼金，请你收下。"老马的儿子说："父亲临终前专门交代，去世后同事朋友的礼金一概不收，他还说对你们能来最后送他一程表示感谢。"

不能不如乌鸦

　　儿子六岁那年秋天，我们一家到公园游玩。石桌上一堆花生、橘子、香蕉等零食和皮壳。儿子指着不远处说："爸妈你们看，树上有只乌鸦在看我们，给它一点吃的吧。"我挥一下手表示同意。儿子在小纸盘里放了些吃的，拿到树下。乌鸦也不见外，一个小俯冲下来就开吃了。

　　儿子说："它吃一口，朝这边看一下，还点头，是在对我们表示感谢呢。"我说："就它那长相，黑不溜秋，还能知道感谢？你的想象力倒是很丰富。"儿子说："老师说过，乌鸦的智商相当于五岁的孩子。你这是以貌取人。"我说："关键它不是人，乌鸦就是乌鸦，就知道到处哇啦哇啦叫着烦人，怎能比得了人。"

　　眼看乌鸦快吃完了，儿子又说："吃这么快，一定是很好吃，还想吃，再给它一点吧。"儿子拿了俩花生要到跟前去，被我一把拉住。我说："它吃东西，你不能到跟前，它会啄你的。你看那吃相，说不定还怕你抢它的呢。千万不能拿它和人比。"儿子把花生给它扔了过去。

　　乌鸦吃完，又朝我们这边看，还左瞅右瞅，衔起盘子。我拿起一块橘子皮朝乌鸦扔去，说："只剩一桌皮壳了，你把盘子掀个底朝天也没用。"我站起身，拍拍衣服上的碎屑，示意母子俩该回家了。乌鸦跳到不远处垃圾箱上，把盘子甩了进去。

　　我愣住了。儿子拿塑料袋把皮壳往里划拉，又到乌鸦吃过的地方，把剩下的垃圾装进袋里。夫人拉我也跟着一通忙活。我好一阵子才憋出一句话说："儿子六岁了，的确比得过乌鸦了。"我感觉自己的脸有些烫。

随　爸

　　小时候，逢年过节家里大人们要喝点酒，是县城酒厂生产的地瓜干酒。每次喝不多，一瓶散酒往往从年初喝到年尾还喝不完。

　　有一年，春节过后，母亲把剩下的大半瓶酒放到桌子上。我出于好奇，一开始常把一根筷子放到酒瓶里，蘸了酒拿出筷子舔几下，又苦又辣。但这东西似乎有诱惑力，大概也觉着好玩，我隔几天就去蘸一次。中秋节晚上，母亲做好了菜，从桌上拿来酒，说："怎么觉着比春节剩下的少了一大截。"母亲又看着我说："是不是你偷喝了酒？"未等我开口，奶奶抢着说："大过节的，别说孩子。兴许是瓶盖没拧紧，自己跑了。以后注意就是。"

　　节后，母亲没把酒瓶放到原来的地方。我年少调皮，平时少不了在家里乱翻。有一次，我在奶奶的箱子里翻到中秋节喝过的那瓶酒，从此又开始蘸酒的活动，有几次还倒进酒瓶盖抿一点。再到过小年的时候，母亲炒好菜，进了奶奶的房里。出来时，母亲拿着酒瓶说："明明放进去有小半瓶，咋这就快到瓶底了，勉强够三盅酒，春节还要再买酒。"奶奶说："喝吧，喝了再买。"母亲看着我，有些生气地说："上次就觉着不对劲。是不是你偷着喝的，把瓶里的酒都快喝完了。"

　　我不说话，往奶奶身后挪挪。奶奶说："大过节的，别训孩子。换个新瓶，酒就不往外跑了。"可能看着母亲还不消气，奶奶又说："孩子他爸也有酒量，兴许是随他爸。"母亲拽我坐下，说："你爸进城时把几本书也放在奶奶的箱子里，跟酒瓶在一起，你要随你爸，咋不拿本书翻着看。"

太
阳
从
西
边
出
来

118

小 黑

　　小黑是我小时候养的一条土狗，它刚断奶就被抱来了。我在屋里用干草给小黑铺了个小窝，它晚上就趴在上面睡。我们在里屋，它在外屋。

　　小东西长得快，母亲说它比我长得快，夜里外面有个风吹草动，它就叫唤，还用爪子抓门。母亲说："不能再放到屋里养了，狗有自己的习性。你在屋里舒服，它可能感到憋屈。你要心疼，就陪它一起在院子里睡。"

　　头天晚上，我在外面陪小黑到很晚。母亲大概已睡了一觉，隔着窗户说："再不回来，小心被狼叼去。"我汗毛竖起，一溜小跑回到屋里，脑子里却整夜都是小黑。第二天一早，我把自己喝的糊糊，剩小半碗，趁着热乎，倒在小黑的盆里。

　　有一次，我放学后老远就看见小黑坐在路边。它看到我后，摇着尾巴跑到我跟前，和我并排回家。母亲说："哥俩一起放学了。"小黑用屁股撞了我几下，显得很开心。从此，小黑几乎每天都在放学回家的路上等我。

　　小黑的确长得很快，一年后就高过我的肚脐。

　　那天，我听见大门外有狗叫声，我跑出去，看到小黑和邻家的狗小白正恶语相向，似乎要大打出手。我一下子冲到小黑和小白中间，把它们隔开。我拽着小黑往家走。小黑哼哼唧唧不愿走，还怒视着想咬我。

　　回到家，我跟母亲说："小黑越大越不乖，连我都要不认了，刚才还和小白要打架。我不及时赶到，不知道能打成啥样子。"母亲说："小黑长大了，也不能把它时刻拴在腰带上。它俩正在处对象，叮当几句本来也算正常……你以后不能像它们，两句话不和就跟媳妇动拳脚，那才让妈伤心。"

心灵点击

戏里戏外

周末晚上，老孙一家三口看电视连续剧。老孙点着烟，不时吐个烟圈。孙夫人反感地说："都戒多少年了，怎么又开始吸？"老孙说："你看电视剧里那主角，嘴上叼着烟，气派，时髦。"孙夫人说："你也土得掉渣，那是七十年前的故事。你现在是让我和儿子被动吸烟。要是在公共场所，会被罚款，是过街老鼠……"孙夫人看看儿子，说："后面话怎么说？"儿子说："人人喊打。"

看过一集后，老孙伸个懒腰说："晚饭有点早，现在有些饿，来点夜宵？"孙夫人说："就你那点工资，抽完烟还想来夜宵？钱都吸到肺里了，等着以后喝风吧。"老孙说："图个消遣。"孙夫人说："咋不看本书、画张画，甚至多做几顿饭消遣。"孙夫人拿钱给儿子，说："下楼买包好烟，咱们一起消遣，把儿子上大学的钱也早日消遣掉。"老孙朝儿子眨眼，儿子就没动弹。

孙夫人数落过老孙，还是下了三碗汤圆。饭端到跟前，老孙却夹着烟咳个没完，边咳边跟儿子说："你看那男主角，人虽瘦了点，可手里夹支烟就不一样，那是一个阳刚呀。"孙夫人说："靠吸烟显阳刚，看你那点自信。人家主人公是大亨，留过学。有本事，你去留学，去演个电视剧……明晚抽屉里要是还有烟，我再不会做夜宵。儿子，你来监督。"儿子点了头。

第二天晚上，老孙悄悄对孙夫人说："儿子柜里的烟没了，身上也没烟味。只是我戒烟多年了，为配合你演戏，还真呛得厉害。"

原来，这是孙夫人前两天发现上中学的儿子柜里有香烟，跟老孙策划的剧中剧。

忘不掉

那年，我刚十岁，要跟着父母到上千公里外的大城市生活，养了近两年的那对兔子却没法处理。父亲说："宰不得，送不得，又带不走，你说咋办。"小叔在一旁，说："我明天去赶集，侄子一起去，把兔子卖掉算了。"我点头表示同意。

第二天一早，我在小柳条篮子里铺层草，又放些菜叶，把两只兔子放进篮子，来到小叔家。小叔说："把兔子卖给我吧，省着你跑老远的路。"我说："不给，你会宰了吃肉的。"小叔家前不久才宰了只兔子吃。

到了集上，小叔去买豆饼；我在活禽点找个空儿，把篮子放下。过了中午，小叔来找我。小叔说："你不吭声咋能卖掉。"

正说着，有一中年男人过来，问："这对多少钱？"我支吾着说："八块。"那人说："没诚意。"我说："它们还能下小兔子。"那人说："公母在一起都能下崽儿。五块。"

小叔捣我一下。我犹豫着说："那我把篮子也给你，里面还有菜叶。"那人递过钱。我抽出一块钱说："我再便宜一块。"那人愣了一下。我说："我只要四块。但你别宰了吃肉。"那人拿回一块钱，提着篮子走了。

回去的路上，小叔说："你知道那人是谁？是乡学校的大师傅。"我一路没说话。

二十年后，我回村。那天在小叔家吃饭聊天，小叔说："有件事一直觉着对不住你。就是那年去卖兔子，我不该告诉你买兔子的是厨师。"我说："几十年前的事，我早忘掉了。"小叔说："你没忘。今天就这么两盘菜，你一块兔子肉都不吃，我全看在眼里。"

抽时间

　　我离开原单位五年后，碰见师父的儿子小张。我问："师父退休有十来年了，老人家身体好吗？有日子没见了。"小张说："父亲还跟我住，几次说起你，说你上进，让我向你学习。"我说："那要多谢师父，当年手把手教我。你还在老地方住？"小张说："是，你去过。记得那年单位分瓜，是你帮父亲拿回去的。"我说："代问师父好，我抽时间去看望他老人家。"

　　忙忙碌碌，一晃几年又过去了。有一次，父亲住院，有人来看他。待人走后，我问父亲："这不是你过去的徒弟小刘吗？"父亲说："是，现在是老刘了，去年就退了休。你也别忘了你师父，他现在好吗？你的对象还是他介绍的呢。"我说："前阵子碰见个老同事，说晨练时常见到师父，身子骨挺硬朗。我一直想去看师父，可天天琐碎的事情成堆。您放心，我一定抽时间去看望他老人家。"

　　又过去大半年，我还是没能去看望师父。好在我一直没忘记过师父，每次碰见老熟人，我都会打听师父的情况。我知道他老人家身子骨还不错，饭量也好，常到公园散步。

　　很快要过春节了，现在我已经能支配自己的时间了。我提前备好两瓶好酒和师父爱吃的点心，把大年初一的值班、带班、慰问、检查等一概事项，做了妥善安排，准备给师父拜个早年。

　　除夕夜，师弟突然打来电话："师父刚刚去世了。老爷子突然恶心呕吐，急救车还没到就不行了。咱们过去一趟吧。"我叹了口气说："一直说抽时间看望师父……准备明天就去拜年。"

　　万没想到，等我能抽出时间，老人却没了时间。

鞋子不合脚

　　刚开春，我感到脚上的皮鞋穿着不舒服，就买了双旅游鞋。出去走了一圈，感觉鞋帮子太硬，把脚磨得生疼。我对夫人说："不会买了假冒伪劣的鞋子吧。尤其小拇指外侧附近，简直太疼了。"夫人不太高兴地说："咱们一起到专卖店买的。去年穿的也是这个牌子，你也没说过脚疼。"我勉强穿了不到十天，就找理由说旅游鞋被单元门的角挂了条口子，扔一边不穿了。

　　参加郊外活动，我又买了双徒步鞋。出发没多久，走路就一瘸一拐。再往回走的时候，脚就疼得几乎挪不动步子了。我回家对夫人说："这鞋还是不合脚。"夫人说："上次你说旅游鞋有问题。这次买的徒步鞋，可是当下市面上最好的品牌。你还觉着磨脚，可能是新鞋子的缘故吧，穿两次就好了。"我说："新鞋子也不该让人走不回来吧。"又勉强穿着走了一次，脚疼得更厉害，我再看见这双鞋心里都发怵。

　　后面，陆续又换过几双鞋，居然都跟我过不去，没有一双是合脚的。我跟夫人说："真倒霉，怎么不好的鞋子一直光顾我。"夫人说我故意找碴儿。我逢人就打听哪里有好鞋子卖。要是再没合适的鞋子穿，我简直就没法出门了。

　　有个朋友是中医，那天见我一走一瘸的样子，听了我的诉说，望闻问切一番后说："拿服药吃着看看吧。"

　　吃了两服药，果然再穿什么鞋脚都不疼了。我问朋友，怎么中医还管鞋子不合脚的事。朋友说："你这是身体有毛病，反射到脚上的穴位，稍有摩擦就疼。脚疼不能只怨鞋子，要找病根，否则，再换一千双鞋子也没用。"

过山车

老张跟妻子要钱炒股，好几年没回报。有一次，妻子问："股票啥时候能有起色？"老张说："两个月前换股买了xx股份，应该会有起色。最多不超过四个月，收益肯定在百分之三十以上，绝不会比这少。耐心等等，这叫以时间换空间。"

说完不到三个月，xx股份就涨过三分之一。妻子听说股票涨了，又提及此事。老张说："大盘可是反弹了百分之二十多，不少领涨股都翻了一番，xx股份却只涨三分之一，就这点涨幅现在能打发得了我？这股票不翻一番，决不卖出。我坚信以时间换空间，用不了俩月，肯定达到新目标。"

半个月后，老张还未及反应，xx股份已涨过一半。老张想，照此速度，翻一番的目标也不远了。老张对妻子说："以时间换空间，终将换来无限风光。"伴随着老张加快的心率，周五临收盘，只差三分钱就要翻一番。

老张跟老婆说起这些天的行情，老婆说："别太贪。几年也没见你挣过钱。要是再没收益，干脆把钱拿回来干别的。"老张说："那就周一集合竞价，多挂三分钱全卖出，先实现个小目标。这次让你开开眼，什么叫以时间换空间，什么叫资金翻一番。"

周一，老张早早打开电脑，挂了单就安心吃饭上班去了。没想到xx股份开盘大跌，以后若干天一路下跌，愣是没给老张出货的机会。老张只好跟老婆实话实说："这回又坐了趟过山车，还得继续以时间换空间。"

老婆不高兴地说："炒了几年股，只顾自己去享受。有那么多时间和空间，你咋不带老婆孩子去坐坐过山车。"

害怕闪着

　　快到年根儿的时候，老友顺子打来电话说："李哥，除夕咱们一起吃个年夜饭吧，我安排一下。还有几个朋友也答应了。"我说："不行，我去不了。多年的习惯了，除夕我要到母亲那里去过年。"顺子说："你是说要到你丈母娘家过年吧。"我说："丈人丈母娘很多年前就不在了，这你又不是不知道。"

　　顺子停了一下，说："你有几个母亲呀。"我说："你这不是废话吗？你还有几个母亲呀？我就一个母亲。"顺子说："那你总不会除夕到墓地去待一个晚上吧。"我说："你别胡说了，我们没那样的风俗，也没听说过哪里有这样的风俗。"顺子说："老人不是已经去世了吗？我还去送了葬。年夜饭还是一起来吃吧，我还约了你上级单位的老钱，见见面，交个朋友，对你今后的发展也有好处。"我说："多谢你的好意。今年真不行，明年吧，明年我请你们，把几个能抽出身的老友都叫上。"

　　顺子似乎有些生气，说："啥意思，还拿架子。咱都几十年的朋友了，有事还吞吞吐吐，编个谎都编不圆。我也是好心，一来咱们多年的老友叙叙旧情，二来叫的人对你今后也有帮助。你以为平时想请人家就能请得来吗？"我说："我知道你是好意，可我真的没法去。今年是母亲去世后的第一个年，父母的遗像也在桌子上供着。我都跟姐姐弟弟提前说好的，除夕要到母亲的老房子一起过年。母亲走了才半年多，房子还热乎着呢，要是突然就这么散了，我害怕把故去的和健在的都闪着了。"

脏兮兮的

二十多年前，夫人把我家的远房亲戚小毛介绍给邻居家的小琴处对象。见面就在我们家，中午吃顿饭，夫人互相介绍了一下。吃完饭，两人又简单聊了一会儿，小毛就先走了。夫人问小琴："第一印象咋样？"小琴抿嘴一笑，说："脏兮兮的。"

这让我们有点遗憾。夫人说："你跟小毛说结果吧。"我说："现在告诉小毛太早，名牌大学毕业，又有体面的工作，这么快把小琴的决定告诉他，太没面子。"

夫人说："倒也是。要不也问问小毛，看他对小琴的印象如何。要是小毛也和小琴一样，那就客气几句，再没我们啥事了。"我说："小琴的条件那么好，重点学校当老师，小毛还能有啥意见，打着灯笼也难找。"

我还是给小毛打了电话。小毛说："这种事还是先听女方的意见，我是男的，不好先表态。"我拿着话筒，好一会儿没说话。小毛又说："我知道了，没缘分就算了吧，谢谢你们这么关心我。"

事情就这么结束了。

一晃二十多年过去了，小琴的女儿大学毕业后也工作了。那天，小琴带着全家回娘家，和女儿来我家串门。孩子坐一会儿，接了个电话出去了。夫人也是没记性，对小琴说："孩子多大了，有没有对象？"小琴说："可不敢再让你介绍对象了。当年你给我介绍的对象，见一面后就再没给个音信……"

小琴走后，夫人说："她当年说小毛脏兮兮的，怎么刚才听着那意思是有些喜欢。"我说："她几次说她丈夫也是脏兮兮的，其实，这就像你常说我'傻样'一样。我要真傻，你当年能嫁给我呀？"

126

不出摊

　　腊月二十三，一大早，我要去市场买些蔬菜副食，到母亲那里过小年。刚出大院，就碰见小朱一家三口，从隔壁院出来。我跟小朱打招呼说："正要到你那里买吃的。今天是小年，是你销售的好机会，咋这么晚才去摊位？"小朱说："我今天有点事，不出摊。"我说："平时一直都在你的摊上买，你突然不去，我就得在市场里转半天。"小朱说："只休一天，明天继续开张，欢迎随时光顾。"我说："只是觉着你错过今天挣钱的日子挺可惜。"

　　说实话，我还头回见小朱穿戴这么讲究。我说："看这打扮像是去吃喜酒。"小朱说："不是。我多年没参加过别人的婚礼，都是让妻子去。其实，我也舍不得离开摊位，空着也要缴费呀。"我说："确实，我从没见你的摊位空着，要不我也觉着不习惯呢。你是全家去逛街吧？"小朱说："也不是。想都不敢想，多年也没一起逛过街。那是正常上班人的享受。"

　　的确，小朱常年早出晚归的，应该挣钱比我多，但也真不容易。我说："那你这么早去哪里？一家子穿这么时髦。"小朱说："到乡下父母那里。以前都是父母来城里看我，前些日子父亲摔了一跤，至今不能下床。孩子放假前就说要去看爷爷奶奶，昨天又说要自己去，不让去就再不管我叫爸爸。"我说："那得让孩子去，爷孙隔代亲。"小朱说："想想挣钱哪有个完，我一跺脚就决定三口去乡下跟父母过小年。要是儿子不认我，父母埋怨我，那我辛苦出摊又为啥？我真成那样的人，你恐怕也不想再到我摊位买东西了。"

剃头过年

一大早，老朱在朋友圈冒出句话："有钱没钱，剃头过年。准备给儿子理个发。"我回复道："抓紧时间，我刚理完，再磨蹭两天可就到除夕了。"老朱回复："没关系，又不去理发店，在家理。"我心想，这老朱越老越抠门，自己理发都去理发店，给儿子理发反倒在家里。当然，老朱的儿子从小学习就好，现在更是有出息，这样的孩子也可能反而不讲究这些。老朱是个有福之人。我发过去一个鬼脸的表情，老朱也给我回了个鬼脸。

也许，老朱的举动有别的意思。最近到年跟前，各理发店人多，排队也是很麻烦。老朱的手艺不错，前些年给我理过发，现在亲自给儿子理发，更能增进父子感情。我想起自己还有套理发工具，好些年不用，就给老朱打电话说："你的理发工具全不全？"老朱说："什么意思，你不会是也要借着用吧。"我说："我的理发工具多年不用，放在我家也没用，你要是在家理发，需要就拿去用。"老朱说："不了，我这里齐全。再说，你的那些工具对我也不适用。"这老朱还臭讲究。

下午，我到菜店买菜，碰见老朱。我说："你儿子大老远从国外回来陪你过年，孩子那么有出息，你应该选个高档美发店，那样的地方理发的人少。咱们这岁数的孩子都是独生子女，你的想法可以理解，但咱们毕竟也多年不互相理发了，你那技术理出来也要照顾孩子的面子。"老朱苦笑一下，拽拽身旁的小狗说："你胡思乱想啥呢。我是给小狗泰迪修毛发。今年过年还是我俩，我给你们说的是这个儿子。"

太阳从西边出来

看大海

　　这是四十多年前的事。父亲回老家接我们去大西北生活，临走的头三天，父亲突然问我："看过大海吗？"我说："没有，离海二十多里路呢。去年，学校组织五年级的学生到海边去，我才四年级，老师不让去。"父亲说："咱们明天去海边看大海。"我说："您这几天一直说还有好多事没做完。"父亲说："那些事和这个比都不重要，去看大海重要。"

　　父亲借了辆自行车，原本说是骑着带我去，但一上路就咳嗽不停，只能把车把手当拐杖，推着车子走。出村没多远，干脆支起自行车，蹲在那里咳着吐痰，好一会儿才站起来，示意继续走。我说："要不就别去了。"父亲说："怎么能不去，咳嗽几下算什么，再咳嗽也要去看大海。"

　　我们走走停停，过了中午才远远看到一片湛蓝。在离海边不远处，父亲找了个土坎坐下，指着前面说："这就是石臼所，我坐在这里休息一会儿，你再往前走走，用海水洗洗手。"

　　我们在海边大约待了有半个小时。

　　往回走的路上，父亲更是咳得厉害，没走几步索性把自行车让我推着。我基本跟车把一样高，歪歪斜斜地推着往前走。父亲说："感觉大海怎么样？"我说："也不怎么样，眼前就是块沙滩，往里是看不到头的水，老远有两艘大轮船。您说要看大海，可您都没走到海水跟前。"父亲说："我的姥姥家就离海边不远，我以前看过好多次大海。我们要去几千公里外，以后恐怕很难有机会见到大海了。今天是专门让你来看大海。看过大海，不管再看到什么，再大，你心里都有可比的了。"

妈妈的样子

蜜獾与指蜜鸟是人尽皆知的合作共赢的典范。

这天，蜜獾妈妈对小蜜獾说："妈今天不舒服，不想出去。你也到了自食其力的年龄，指蜜鸟一大早就在外面叫，你和它搭伴去觅食吧。"小蜜獾早已按捺不住，蹦跳着就出了门。

小蜜獾朝指蜜鸟挥手，指蜜鸟就往前飞着带路。小蜜獾跟着一路小跑，直奔蜜蜡，三下五除二，把蜜蜡吃了个干净。小蜜獾抹抹嘴，学着母亲的样子，朝指蜜鸟点点头。指蜜鸟飞下来，在蜜獾周边转了几圈，摇着头说："咱们到下一个点吧。"

小蜜獾在指蜜鸟的引导下，又找到了一块蜜蜡。小蜜獾手舞足蹈，没想到第一次独自出门就如此顺利。小蜜獾撕扯几下，把蜜蜡很快就吃了个干净。小蜜獾拍拍肚子，又学着妈妈的样子，朝指蜜鸟点点头。指蜜鸟飞下来，在蜜獾周边转了好几圈，叹口气说："那就继续下一个点吧。"

小蜜獾跟着一路小跑，却发现一头狂怒的狮子出现在眼前。小蜜獾吓个半死，一跟头栽进深坑里。狮子在黄蜂巢下休息，被蜂群蜇了，吼叫着迅速逃离了。

小蜜獾费劲爬上来，气呼呼地对指蜜鸟吼道："你不讲规矩，简直就是想害死我。"指蜜鸟说："是你不守约定，坏了规矩。"小蜜獾说："我每次吃完都学着妈妈的样子朝你点头打招呼，怎么不守约定坏了规矩？"指蜜鸟说："你妈妈朝我点头，是让我下来吃蜜蜡。你点头，却是催我该到下一个点了。我们是合作关系。我只要些蜜蜡渣就够了，你却只顾自己独享，连渣都不留，这哪里是你妈妈的样子！"

太阳从西边出来

130

差不了

　　有一次，我拿了块石头到雕刻店，咨询雕刻师："师傅，这石头能雕刻个物件吗？"师傅上手仔细看了说："没问题，雕只蟾蜍吧，随形，吉利。这石头质地不错，是戈壁滩上的东西。"我说："师傅是行家，的确是戈壁滩上捡的。我看着很圆润，就捡回来了。"师傅说："我姓田。你要愿意，就把石头放下吧，手工费二百元，十天后取件。"雕刻出来的成品，简直不像是用那块石头雕的，朋友们也争相把玩。

　　没过多久，我又拿了块石头找田师傅。我说："上次雕刻的东西很好，见过的人都很赞赏。这块你看看，能不能雕个物件。这也是戈壁滩上的，我看着挺完整，就捡上了。"田师傅停下手中的活，略微看了看说："这块也不错，可以雕一头卧牛。你要愿意，还是老价钱。"我把石头放下。雕刻出来，拿给朋友们看，有人当场要付款买走。

　　一来二去，跟老田就熟悉了。

　　前阵子，我打电话给田师傅："我最近又从戈壁滩捡回来几块石头，看着不很理想，还不如前几次的，也想让你看看，能不能雕个物件。这次进到了戈壁腹地。"田师傅说："没问题，肯定行。"我把石头送过去，说："拜托田师傅了。"田师傅客气地笑了笑。

　　商定好雕刻事宜，临走的时候，我对田师傅说："我就电话上跟你那么一说，你咋就知道能雕个物件。"田师傅说："你说是戈壁滩捡的石头，我心里就基本有数了。经得住千年万年风吹日晒，沙子打磨，底子都不赖，又经过你的挑拣，只要再用心雕琢，出来的东西准差不了。"

　　细想，用在人身上也是这么个理。

哈哈一笑

哈哈一笑其实不是我的本意。

一起出名

　　汪君写了篇文章，投稿前征求我的意见。我看到有一句"除非华佗、卢敖、扁鹊、刘田再世，才能有救"，我对汪君说："这里罗列的名人太多，有两个就行，多了显得啰唆。"汪君说："你的意见好，就改成'除非华佗、刘田再世，才能有救'吧。"我说："一般都把华佗、扁鹊放在一起。"汪君说："还是把华佗、刘田写上吧。"

　　汪君继续诚恳地让我提意见。我说："你也小有名气，还这么谦虚。其他方面都很好，我提不出意见。就是刚才那句感觉还可商榷。其实，写上一个人就能说明问题。"汪君看着我，说："那样单薄了些。"我说："不单薄，华佗是自古以来家喻户晓的名人，完全能说明你想说的意思。"汪君笑着说："我是说写成刘田一个人略显单薄。"我说："你要非写刘田不可，那还是写上华佗、刘田吧。"汪君说："中肯，要不我怎会征求你的意见呢？"

　　末了，汪君再三对我表示感谢。我说："别客气。只是我才疏学浅、孤陋寡闻，对刘田没有印象。他是哪朝人，你为什么一定要写上他？"刘君说："怪我没跟你说清楚，刘田是我的祖上，平日务农，也给人开方治病，家谱里有记载。"我说："华佗、扁鹊和卢敖那都是载入史册的名人，和他们写到一起不知妥不妥。"汪君说："妥呀，祖上刘田可是家谱里载得清清楚楚。也怪我才看到家谱，以后多写两次，多上几次媒体，大家就知道了。"

　　看着我有些疑惑，汪君补充说："这算什么，有人为了出名，还故意把跟名人干的丑事让人曝光，不也都成名人了！"

133

你这么说，谁信

参加户外捡奇石活动。下车没走几步，我突然有了感觉，需要解个大手。我四处张望，要好好寻个地方大解一番。我不是小题大做，我正经历着便秘的煎熬。我把这次大解实实在在当回事。好事既然来了，那就隆重出恭，决不能敷衍，更不能憋回去。但是，毕竟这是成年人的隐私，不可随便见人，更不能与他人共享，需要找个隐秘处解决。

我故作落后状，慢慢躲开众人，斜着往不远处的小沟里绕。石友老侯老远回头喊我："往这边走，那边上次去过了。"我朝老侯作揖，快速下到沟里。我终于可以放心大解了。

但还不能立即办事。大环境可以了，小环境还有问题。我先躲开草丛，再避开荆棘，看到不远处有只小蜥蜴，仰着小脑袋往这边窥视。"讨厌。"我边说边跺了一下脚，小东西便跑了。只是这一跺脚，却又动了腹气，隐私之事更是呼之欲出了。

我找了个小坑，目测足以装下那不宜广言又急于卸掉的私密，也不致污到我身体的任何部位，使自己最后能利索全身而退。我掏出手纸，解带褪裤。这手纸最近几天出门必带，却也用不上，再不用就托不住底了。

我顺势蹲下，迎接那隆重时刻的到来。我使劲，便是一个长长的响屁。再使劲，却还是屁，并且越放声音越小。折腾老半天，该来的竟没了踪影。

回去的路上，老侯说："你背着我们私自行动，一定有大收获，拿出来让大家开开眼。"我苦笑一下，说："什么收获都没有。我可以发誓。"老侯说："谁信呀。那么长时间，跑那么远，还神神秘秘，不会就去放了个屁吧。"

太阳从西边出来

打　赏

　　一大早，郑君发来微信："看了吗？"我回复："看什么？"郑君说："我昨晚在朋友圈转发的文章，在一个公众号里。"我说："说实话，没看。朋友圈里转发那么多文章，大多就看一眼题目。"郑君说："那就抓紧翻出来看看。"过了一会儿，我给郑君发微信："找到了。浏览了一下，就是一篇普通作者的散文。"郑君说："怎么没见你打赏。"我没回复，心想，像这样的文章多了，发的人随便发，看的人随意看，又没有门槛限制，怎么可能看完就打赏。

　　中午，郑君又发来微信："那篇文章我又看了一遍，还真不错，六十多岁的人，退休后提笔写作，不容易。"我点了个微笑表情发过去。郑君说："你要觉着还可读，多少也应打点赏。"我没回复，心想，网络这么发达，可读的文章多了，你随便这么一转，就让我打赏，凭什么呀。

　　晚上快睡觉时，郑君打来电话："发微信可能说不清，看着你一直没打赏，我电话上说明一下。那篇文章的作者是我爸的老同事，退休后喜欢写作，前几天参加一个散文比赛，举办方要先把文章发到他们的公众号上，要求打赏够一定的金额才能入围。眼看公众号展示明天就要截止，老爷子退休多年，对外交往也少，缺少人脉，名次远远落在后面，情急之下到处求人，把几十年不联系的人都找遍了。"

　　我说："你早说，就是帮个忙的事，算是帮个钱场吧。我再抓紧细看看。"郑君说："不仅是钱场，也是人场。拜托了，有情后补。你也别细看了，看不看不重要，关键是快打赏，要不来不及了。"

送　药

　　那天，我到药店买药。末了，营业员又另外给我放了一盒药。我说："这药我没要。"营业员说："这就是给您的。"我细看药名后说："这是感冒药。我没感冒，要这干啥。"营业员笑着说："这药是送您的，不要钱。"我说："送给我也不要，家里没地方放。"营业员说："手头有药，有备无患。"我说："医院就在巷口，药店离家也没两步路，没必要存这药，放久了过期还是浪费。再说，随便拿盒感冒药给我，你怎么知道我下次得哪种感冒，有病要对症下药。"

　　付费的时候，收款员又让营业员拿来那盒感冒药，放在我跟前，解释说："您就拿着吧。年底了，我们在搞活动，回馈客户。凡是买药超过一百元的，我们都送一盒感冒药。"我说："那我也不要。"收款员说："头痛脑热的，谁都会有。自己用不上，可以给家人用，送别人也行。"我说："按老规矩，没有把药当礼物送人的。做人不能啥都不讲究。你们真有那份心，把药降点价多好。"收费员说："那不行，我们做不了主，药价不是我们随便敢降的。"我说："岁末年初，本来挺喜庆的，送人药吃太难听。就是平时，也不能随便给人送药，不吉利。随便送我感冒药，这不是盼着我得病吗？"收费员说："您实在不要就算了，想要的人多着呢。刚才那人还想多要几盒，我们也不给呀。"

　　我把感冒药推过去，很是生气地说："那就送给那样的人吧。"我推开门气呼呼地往回走。到家发现，身上竟出了很多汗，没到天黑，居然又开始浑身发冷。看来我还真是感冒了。

出 门

　　我跟老田住对门。头天晚上，老田电话约我第二天出去办点事。我问："几点出门？"老田说："十点吧。十点准时出门。"

　　我是时间观念很强的人，约好的时间，都是提前到，从未迟到过。但跟老田住对门，没必要提前出门。吃过早饭，我不由自主地做着出门准备。九点三刻，我就已经穿戴好。但这时出门显然太早，老田会有想法，显得很幼稚。约好的时间，就得按时，不能让人说闲话。我不能现在出门。

　　我把鞋带解开又系上，把外衣脱掉又穿上，到厨房又检查一次炉灶开关。看表，离十点还有三分钟。我的手已经抓到门把手，但感觉还是不能开门，现在出去还是早。老田是个讲究人，时间观念也很强。兴许现在老田的碗里还剩最后两口饭，或者刚喝一半的茶，或者最后一根烟没抽完。我现在开门，岂不在催老田，叫他对我的时间观念有怀疑。我现在不能出门。

　　我又打开包，核实办事要带的东西，笔记本在里面，碳素笔在里面。其实，这几样东西从来就没离开过我的包。但我还是要核实，因为出门前再没别的事可干。

　　我又把皮包的拉链拉合三次，看着表读秒。十秒倒计时后，我准时出门；对门老田果然也同时出门。我们很默契地打过招呼，一起进了电梯。

　　出单元门时，老田有些着急地说："现在出门有些晚，要快点走才行。"我说："那你咋不打个电话，咱们早些出门就行了。"老田说："提前约的时间，出门早了怕你说闲话。其实我早就准备好了，在家又没事，站在门口不停地看表，系了三回鞋带，脱了两次外衣。"

哈哈一笑

等活动

总部在省城举行仪式，对在本行业工作三十年以上的人员进行表彰。老周在偏远地区干了三十多年，理所当然地受到了表彰。老周走下领奖台，被记者拉到一边采访。记者问："您为什么能在偏远的地方工作那么久？"老周笑着答道："艰苦的地方，总要有人去。"记者问："听说您那里有好几拨人没干多久陆续都走了，您为什么能坚持下来？"老周边走边答："在那里已经有家有室的，就不想到别的地方去了。"记者问："您当年为什么想要去艰苦地区？"老周说："上面搞动员，我就报了名。"

记者继续深挖，问："现在要是有机会留在省城，您还想回去吗？"老周笑着说："明年就要退休了。现在的问题是要尽快有人来充实力量，接好班。希望像今天这样的活动能多搞些，激励年轻人去边远地区发展。你们记者也多去我们那里采访采访，让更多的人了解我们。"记者说："当然当然，这是我们的职责，义不容辞。"

听说记者同意去采访，老周高兴地握着记者的手说："太好了，那就这两天和我们一起去吧。"记者抽回手，笑着说："现在去有点早。"老周说："现在不早，我们有个新项目已经竣工，准备简单搞个仪式，你可以报道一下新老设施更替，我们的条件现在彻底改善了。"记者似乎有些为难，说："去是肯定能去，但最近恐怕不行。我们下半年有个下基层活动，到时候……"

看着老周有些失望，记者握着老周的手，解释说："你们有你们的活动，我们也有我们的活动嘛。"

忘了就离正常不远了

陈碇慕名到一老中医处就诊。

"腹胀，有宿便，三高。"号过脉，未及陈碇开口，大夫就说了症状。

陈碇看看四周，小声说道："对对对，一点都没错，要不还是找您看病呢。整天太忙，请给开些见效快的长效药。"大夫又看过舌苔，边开处方边说："忙人不该有这症状呀。一天走的路能有这里到三道湾村那么远吗？"陈碇摸摸脑袋，说："那要二十公里吧。哪能走那么远。我是写材料的，八小时坐在办公室忙，没时间走路。"

大夫说："总有闲着的时候吧。"陈碇说："真没有闲的时候。白天写，下班后忙着应酬。现在单位的应酬几乎没了，但其他的聚会反倒让你忙不过来，小学同学聚会，中学同学聚会，大学同学聚会，生日聚会，节日聚会，昨晚还参加了个朋友圈纪念第一次聚会三周年的聚会，一周没有三五次聚会那是过不去的。"

大夫很是为难，说："我给你开处方，前提是你至少减一半的聚会，每天走半个三道湾的来回，而且必须由家人陪同，半个月后来复查。能做到就去抓药，做不到就另请高人。"陈碇咬着牙点了头。

隔了有段时间，大夫那天晚上值班，在办公室没事，就想起陈碇。心想怎么不来复查，也不知道怎么样了，就顺手给陈碇拨了电话，想问问病情。陈碇接了电话，说："正在走着路呢，该往回走了。现在老婆每天监督陪着一起走，一天没落下，把老同学老朋友都疏远了。这不，白天忙着上班，下班后又忙着走路，居然把到您那里复查都忘了。"大夫说："忘就忘吧，忘了就离正常不远了。"

打前站

老周多年在单位办公室工作，凡事尽心尽力，尤其是老总们要去的地方，他都要去打个前站，快退休了还是这样，很得领导的称赞。

有一次，老周上午出差回来，下午就去上班。知道吴总第二天要去调研，老周立马去打前站。第二天，吴总调研完，在返回的路上说："这次调研紧凑利索，预定的时间内，该了解的了解到了，该反映的也反映上来了，工作效率高，了解问题透彻。一看就知道老周做过前期工作，有没有准备是不一样的。"老周听了似乎还有点脸红。

又有一次，刘副总第二天上午要去慰问退休人员，老周忙完手头的工作本该下班，却提前挨家走了一遍。第二天，刘副总一行直接入户，原本一天的工作，半天就完成了。临结束时，刘副总高兴地说："该见的都见了，该说的都说了，该给的都给了。退休人员的老家天南海北，孩子也都在全国各地，今天去的都在家，肯定还是老周的细致工作，打了前站。"老周谦虚一番，心里热乎乎的。

老周这样累是累了些，但得到领导们的认可，他也很有成就感。

刚退休不久，那天周夫人外出旅行回家，半路上给老周打电话说："一小时后到长途车站接我，然后一起到市场买几样新鲜食材，回去做在外地新学的小吃。"

老周接了电话，一阵着急，竟不知先干啥。他还是急忙往长途车站赶。接上夫人，来到市场，转了半天也没凑齐做小吃所要的食材。看看天色不早，将要闭市，夫人有些失望，老周自责地说："这事也怪我，没能腾出时间来市场打个前站。"

大忽悠

十来年前，大忽悠还是韩总身边的大红人。大忽悠酒量大，也能忽悠人。大忽悠爱忽悠韩总，尤其爱在韩总酒后忽悠。韩总对大忽悠的忽悠似乎还颇受用。

大忽悠说："韩总酒量大，酒风也好。"韩总回应说："酒风看作风，那几个项目，几场酒下来就落了地，没有点诚心和热情能行吗？"

大忽悠说："韩总不光酒量大、酒风好，而且越喝头脑越清楚，不信今晚放开喝，看谁酒后找不到家。"韩总果然自己带了头，在桌上也放开了喝。有几位真喝到找不着自家的门，还耽误了第二天早上的正常上班，陆续到韩总办公室做检讨。韩总大度地摆摆手，他们都知趣地忙各自的事去了。其实韩总头天喝完酒也是被人架着出的餐厅门，出门后又给扶进车里，直至平安送回家。韩夫人黑着脸子不高兴。大忽悠说："都是平时肯为韩总卖命的主，不是舔一舔就能打发的。"他为韩总说了情。

有一次，大忽悠陪韩总酒后坐车回家，大忽悠说："韩总不光酒量大、酒风好、头脑清楚，而且喝完酒干事更利索，驾驶技术肯定也不亚于专职司机。"这话倒是提了韩总的兴趣。韩总竖着大拇指，跟司机换了座位。

韩总这次可能的确喝高了，只踩油门不踩刹车。等到大忽悠真害怕时已经来不及了，韩总带着他直冲到沟底去了。

哈哈一笑

抽　奖

　　我常参加无影领队的捡石头群活动。无影很会经营这个群，常在返回时搞抽奖，奖品有手镯手串等，大轿车每次都是满员。

　　有一次，坐满发车后，无影说："有没有第一次参加本群捡石头的？"有三人举手，网名分别叫浅蓝、孤雁和老朽。无影表示欢迎，就开始讲解本次去的摊点的特点。回来的时候，无影备好纸条，每人一张，写上自己的名字，放到无影的帽子里。再让人把帽子里的纸条使劲搅拌，由无影亲自抽奖。这次奖品是金丝玉手镯。共三个奖，浅蓝和孤雁两个新人各得一个。无影说："越是新石友，运气越好。今天新石友的中奖率近百分之七十。"

　　又有一次，坐满发车后，无影又问："有第一次参加的新石友吗？"有两人举手，网名是田野和丝瓜。无影照例还是那些程序。这次奖品是手串。田野和丝瓜两个新石友全部中奖。无影说："新石友的运气就是好，这次中奖率竟然是百分之百。"

　　有次活动无影领队因事没参加，临时派了个新领队。新领队也跟无影同样的程序。他问有没有新石友，我有意无意就举了手，报了网名。返回抽奖的时候，我竟然成了幸运的中奖者之一。

　　后来，我跟无影开玩笑说："参加你领队的活动好多年，从没得过奖，你对老队员有成见。"无影说："你上次就中了奖，哪来的成见？"我说："那是我骗了新领队，说自己是第一次参加捡石头。"无影笑着说："你是老队友，没奖也会再来。"

　　我借口拿无影的帽子试戴，顺手翻开帽子的汗带，这天新参加队员的名字已在纸条上写好，夹在里面了。

倾 诉

在楼下碰到多年未见的老同学赵凡，他也搬到了这里。我俩热烈握手，他还是十几年前的老模样。我问有何养生秘方。他说："倾诉，心里不装事，倾诉后一身轻，不得病。"他又使劲握着我的手，说："以后烦了找你倾诉。"

有一次，我和夫人晚饭后看电视，赵凡敲门进屋。"有点烦，来聊聊。"赵凡屁股没挨到沙发就开了腔，"那么多人，偏让我出远差。"我说："说明领导信任你。""谁稀罕。"他拍着沙发，"单位是忙的忙死，闲的闲死……我上有老母要照顾，下有女儿明年高考……"赵凡不停地说着，我的眼皮开始打架。赵凡起身告别："跟老同学倾诉完心里就好多了，你早点休息吧。"

没几天，赵凡又来我家，进门就说："本来副科长应该是我的，领导却从别的科调来个副科长。什么信任呀，骨干呀，都是扯淡。"他自己倒了杯水坐下，"话又说回来，职务意味着责任和更多付出，没有职务倒也多了份清净……"他拍打着双腿，"我上有老下有小需要照顾，从另一方面讲，也算领导照顾了我……"他自说自圆，我只有见缝插针说"是"的份。

那天我心烦，也想找赵凡倾诉一下。我敲开门，他却一把把我推了出来，没等我开口就说："我正想去你那里倾诉呢。在我家说话，影响孩子学习……"

哈哈一笑

143

找原因

　　村头王家的猪圈塌了。刘二能趿拉着鞋来到王家，深深表示了一番同情和安慰后，帮着寻找垮塌的原因。"去年才盖好的，怎么说塌就塌了呢？"刘二能自言自语道。刘二能在猪圈旁踱了二十多个来回，得出了初步结论。他认为主要原因与前几天那场三十年不遇的大雨有关，再加上猪舍上面的草泥太厚，还有垒猪圈用的石头被猪粪浸泡得已疏松，等等。"如此多的原因要是同时起作用，高楼大厦也撑不了多久。"他说还要四处访访，才能最终下结论。刘二能当天就跑到邻村几个老同学那里探讨去了，因为他自家的酒坛子也早就见底了。三天后，刘二能还是没有十分把握地来到了王家。他很意外王家居然把新猪圈盖好了。他甚至很埋怨老王，竟然没等他回来弄清原因。"天气不等人，猪也等不及了。"老王摇着头说。刘二能遗憾地回家去了。"说了快两年了，还不趁着好天赶快把房子漏雨的地方修好，等着下大雨把全家都压死在里面。"几天没回家，刘二能被老婆狠狠臭骂了一顿。"就是修也要找到原因呀。"刘二能嘟囔着，带着一股子酒气，没脱衣服就躺到床上睡了。

　　滴答，滴答。刘二能在梦中喊着不能再喝了。天亮再看，他的脸上、被褥上都是水。刘二能家的屋子真的漏雨了，门头上那原本活动的土坯又被雨水冲掉半拉子。

太阳从西边出来

属 羊

刚进羊年，刘旭徒步捡了块象形奇石——羊。有人当场高价求转让，被刘旭坚决拒绝。刘旭要孝敬自己的父亲，他老人家属羊。

刘旭的父亲拿到奇石，果然十分喜欢，把玩半天不肯放手。

那天科长问刘旭："听说你捡了个石头像只羊？"见刘旭有点发蒙，科长笑着说，"没有别的意思，就是听着有点好奇。我属羊。"

"是是是，我的确是捡了只羊。"刘旭立马反应过来。刘旭让同事顶班，打出租去了他父亲那里。

刘旭对父亲说："领导要看那块石头，领导也属羊。"父亲把石头包了两层纸，放到袋子里，反复叮嘱说："别碰了，稀罕物件，别碰了。"

刘旭边应答边一溜烟又打出租回到科长办公室，双手呈上那只羊。

"效率挺高呀。"科长表扬了刘旭，他把玩着那只羊，也是爱不释手，"先放在这里让我慢慢看看吧。"

"那就送给您了，我也一分钱没花捡来的，不算礼物，不成敬意。领导喜欢，就是这只羊的最好归宿。"刘旭不无骄傲地立正转身退出了科长办公室。

"那就收下，收下，收下了。"科长笑着朝刘旭点了点头。

偶然有机会到赵总办公室，刘旭看到赵总柜子里摆放着那只熟悉的羊。"好友送的，形神兼备，活脱的一只小绵羊。"赵总说，"听说你也有块石头像只羊，什么时候拿来让我开开眼。我属羊。"

刘旭晚上做梦，自己变成了一只羊。

臭　味

　　我绝不是贪图厕所搞优惠才如厕的。那天去交有线电视年费，路上突感内急，看见前面公厕贴了一告示：为庆祝本厕开张一周年，特举办如厕优惠活动，每人次由一元降为八毛。我递上八毛往里钻。

　　"不行不行，缺两毛。"厕老板挡住我。

　　"不是优惠了吗？"我有点憋不住。

　　"优惠解释权归我。"厕老板不放行，"你先付一元，我再返你两毛钱代金券，到隔壁水果店买苹果。"

　　"必须是隔壁店吗？"

　　"别的店也不认呀。"

　　我憋得难受，急忙抽出一元钱塞给厕老板，才成功如厕。

　　出来又顺便到隔壁领苹果。递上代金券，店主问："就要一个吗？"

　　"给几个要几个。"

　　店主瞪我一眼，顺手把半拉子烂苹果递来。大概两毛钱也只能买这个了。又听见店主拨通手机悄悄说："是只铁公鸡，留着那两毛吧，我也没得给你返。"出门看见厕老板站在公厕门口蔑视着我。"这个臭厕所，这个烂苹果。"我自言道。

　　来到有线电视缴费大厅的柜台，服务员说有线电视加网络宽带年费八百二十元，现在搞活动，优惠二百元。

　　我递上六百二十元。

　　"还缺二百元。"服务员等着我拿钱。

　　"不是优惠了吗？"

　　"优惠的钱可以给你手机充值。"

太阳从西边出来

我报上手机号。

"这不是我们指定公司的手机号。他人的也行。"

我报上好友的手机号。

"密码。"服务员往下问。

要朋友的密码，这超出了我做人的底线。"不要优惠了。"我索了发票就走。没走几步，又有想如厕的感觉。缴费大厅没有厕所，附近也只有刚才去的那个厕所，但大厅里怎么就有厕所的臭味呢？

脸　面

我们住集体宿舍，八个人共用一个洗漱间。伊凡很讲究，早上洗漱多在半小时以上。排在了他后面，没准就要耽误吃饭，甚至工作迟到。我说过伊凡，洗漱何必要用那么长时间。伊凡严肃地说："脸面是一个人的形象，脸面问题是个大问题。给别人好脸面，那就是给自己长脸面。要舍得花些时间用心清理维护脸面，万万大意不得。"

有一次，伊凡刚洗漱完往外走，不知哪位排在门口的说了句"还有两根胡子没刮掉"。伊凡退回去，仔细照着镜子："不是两根，是三根，起码有一毫米长呀，太粗心了。"伊凡又用五分钟，重新把脸拾掇了一遍。他对排队等待的人说："谢谢提醒。脸面上的事来不得半点大意，今天差点就马虎了。"

那次小赵正在洗漱，见伊凡进来，就快快结束，腾出地方。伊凡客气道："不急不急，别因为我影响你的脸面。"伊凡边放洗漱用具边说："每天面对那么多人，要重视自己的脸面，应时刻保持一个好脸面，哪怕是遇到不痛快的事。"

那天洗漱完、吃完饭，发月度伙食补贴。伊凡拿着钱找领导："不对呀领导，我的怎么比大家少。"领导说："是按照考勤发的。你有两天事假，所以扣发了两天伙食补贴。""怎么能算我两天？我是第二天下午回来的，还回来吃了晚饭，顶多应算一天半。这样算不合理的。"舍友劝道："算了吧，这么点钱，扣也扣了，互相给个面子吧。"伊凡很不高兴地说："不到两天，却算了两天，明明是不给我面子。"他提高了嗓门，"我要到上级告他，大不了大家撕破脸面。"

张三解梦

张三好解梦。李四梦见好多蜜蜂，嗡嗡一夜没睡好，去找张三解梦。张三说："蜜蜂代表甜甜蜜蜜。你的好日子就要到了。"李四半信半疑，但兴致很高，更年期的老婆无故找碴儿，他也赔着笑脸，还主动找搓衣板要跪（当然多年洗衣不用也没找到）。没几天，老婆的更年期症状竟大为好转，甚至看到李四洗过的碗里残留了片小菜叶，反倒给他道了个歉，说这事本该是女人干的活。李四觉着好日子果真说到就到了。

王五做梦理发，醒后很纳闷。马上要参加上级单位组织的业务比赛，可有人却说这是要被推光头的征兆。王五碰到张三，顺便也请张三解梦。"什么推光头，明明就是运气呀，而且还要进财的。"张三拍了拍王五的肩膀，做个鬼脸悄悄说："可要抓住机会呀。"王五加紧训练，果然取得了第一名，赢得了丰厚的奖励，还被单位提了职。

张三解梦有了名气，不少人慕名求解。

赵六做梦梦见个空钱包，百思不得其解。赵六拜访张三，急求答案。张三皱着眉说："要亏财。"赵六说也没做生意，亏什么财。张三神秘地笑笑，不肯往下说。赵六想起自己有点股票一直往下跌，天天挨老婆数落，便一咬牙给抛了。没几天赵六碰见张三说："那股票幸亏抛了，否则亏损更厉害。现在我索性买了些基金，老婆也不叨叨了。"张三心想：你那股票媒体都提醒要退市了，你还守着干什么呀？

张三那天跟我说："退休后参加了个心理辅导师培训班，现学现卖。大家忙忙碌碌，免不了谁有解不开的东西，能帮就帮呗。"

到天上寻

天下大雨。钱五听着雨点声不同往常，他推开门看，院子里竟噼里啪啦下了不少鱼。钱五愣在那里，当确认的确是鱼，钱五便拿了盆子跑出去捡鱼。老婆大声喊道："不要命了，那鱼掉下来会把你砸死的。"钱五很快端回半盆鱼，放到老婆跟前，说："只听说天上掉馅饼，这可比那还幸运。"钱五让老婆好好做了几顿鱼吃。

钱五又多准备了几个盆，每次下雨都摆到院子里。但除了接到些雨水，再没别的收获。村小学赵老师告诉钱五，鱼雨是龙卷风作用的结果。龙卷风把江河湖海里的水连同鱼吸走，再下到某个地方，就形成了鱼雨。钱五不太相信，说："咱湖里好些年都没鱼可打了，龙卷风还能吸上来鱼？"赵老师说："也可以从别的地方，甚至是国外呀。龙卷风可是厉害，你家里的鱼说不定就是外国进口的。"钱五说："那也会下钱？"赵老师说："还真听说过有下钱的。"钱五心想，就凭自己这运气，鱼都能下到院子里，其他的怎么就不可能呢？

有天晚上，钱五从电视里看到外国的龙卷风把小房子都刮上了天。钱五起初有些害怕，想龙卷风会不会刮到自己家里来。但他又想，最好房子不要掉下来，而把房子里面的钱掉下来就行了，只要现金，不要支票。钱五朦胧中忙前忙后，在院子、房顶拉起绳子，把床单被褥都兜起来，准备接钱。龙卷风却把他和房子、院子一起卷上了天。他吓得大声喊叫，被老婆从梦中叫醒。他把梦境告诉老婆。老婆嗔道："干啥都想靠运气，好事全落到你一个人头上，你也只能被卷到天上去寻。"

阿　咪

　　阿咪刚到主人家那阵子，早出晚归，每天能抓好几只老鼠。但随着老鼠的减少，阿咪吃到的荤腥自然也少了。阿咪感到，如此下去，岂不要沦落为一只素食猫。阿咪清楚，要想长期肉食无忧，维持稳定的老鼠队伍是很重要的。目前状况下，必须严格控制捕鼠，甚至有必要"放水养鼠"。

　　一次，有只小鼠独自疯玩，差点撞到阿咪的怀里。阿咪逮住小鼠训道："不想活了！父母怎么看管的，简直毫无顾忌，不负责任，目无阿咪。"阿咪轻轻拍了小鼠一把，把小鼠推到鼠洞口，又狠狠指着小鼠，心里说："你可要多吃多睡，秋后就指望你这批小鼠了。"

　　又有一次，一只怀孕的母鼠挺着肚子遛弯，老远看到阿咪，却毫不避讳，径直前走。瞅着如此张扬的母鼠，阿咪压住火心里说："哼，看在怀着我未来美味佳肴的份上，今天不和你一般见识。"环顾主人不在，阿咪主动躲开让出了道。

　　那次三只老鼠抢吃猪食，阿狗瞪眼龇牙进行威胁，阿咪一旁指责道："看来人类对你们的讽刺没错。有你什么事呀。"阿狗嘟囔着离开了。阿米的措施效果显著，老鼠变得越来越多了。那天晚上，看着阿咪到后半夜还没出工，主人就临时下了夹子。天亮，却发现阿咪的前爪被夹断了。原来，阿咪突然想起三天前搬来的那窝老鼠，至今不来上贡，如此下去岂不坏了规矩，就要去好好教训它们一下。阿咪踩到了夹子上，可能彻底不用再抓老鼠了……

我还是要帮帮你

这是 20 世纪 60 年代后期的事。

春节前，小队杀了头猪。中午，堂兄被安排看猪肉，等着下午社员们来分肉。小队长先到，他把堂兄推到一边说："你要翻天？敢拿猪肉喂狗！"堂兄说："你听我解释。"小队长说："有人告诉我了，还有什么好解释的。忙完了我再好好听你解释。"

分完肉，小队长把堂兄留下，说："你解释吧。"堂兄说："我现在没什么解释的。"小队长说："你这是耍我呢！"堂兄犹豫一会儿，说："有坨鸟粪掉在猪肉上，我把鸟粪刮下来，甩到地上，狗就给吃了。"小队长说："这事有人老远看见，告诉了我。人家能告诉我，也能告诉别人。正好明晚小队有个会，你把这事尽快解释清楚，要不人言可畏。中午，就你和你家的狗在场。这事我帮不了你。"

堂兄不语，也不走。好一会儿，小队长说："贪污和浪费，是极大的犯罪。这事不是小事。社员的生活的确蒸蒸日上，但小队也只有在春节才宰头猪。你不解释，大家不但误会你，还会说我包庇你。"堂兄说："我是怕别人误会你。"小队长说："我这个当干部的光明磊落，敢做敢当。我不怕误会，你也不可能影响到我。今天这事，你必须自己给大家解释清楚，谁也替不了你，谁也帮不了你。"

堂兄抠着脑袋，支吾着说："可是……鸟粪糊的是后腿肉，你把那块肉分给了大队长家。"

小队长脸色紫胀，憋了好一阵子，指着堂兄说："这可是天大的事。你这笨嘴拙舌的，也解释不清。看在同宗兄弟的份上，我还是要想办法帮帮你……"

太阳从西边出来

腰　病

我的腰病，是十年前单位组织例行体检后加重的。做肾 B 超的年轻大夫在我肚子上涂了黏液，拿个冰凉的东西来回划着，说："以前有毛病吗？"我说："没检查过，不过时常腰酸。"他说："你再到专科医院查查。有个肾偏小。"

这就基本坐实了我平时的猜测。我的腰酸似乎更厉害了。

同事老王左肾囊肿、右肾萎缩，不到退休年龄就办了病退。有次去看望老王，我问："你平时感到腰酸吗？"老王说："酸呀。大夫说不能劳累，慢慢治疗。"我听后腰部又一阵酸胀，心想：不能劳累，任务怎么完成？查实了也没个好办法。

老张是我朋友的发小，前两年确诊为肾衰竭，定期透析。那天见到老张，我说："你平时也感到腰酸吗？"老张说："不只腰酸，精气神也明显不济。"我说："比方说确诊是肾衰竭，能治好吗？"老张没正面回答，半天才说："我还在单位挂着名，先这么着吧。"我心想，我正奔四的年龄，家里、单位都指望着，要这样，不查也算明智的。

以后十年没再做过体检，腰酸却始终伴着我，并且肾萎缩、肾囊肿和肾衰竭等症状时常萦绕着我。

今年初，单位组织体检，同事说服我去体检。做肾 B 超的时候，我提醒大夫，看看病情发展到什么地步了。大夫在我肚子上涂了黏液，拿个冰凉的东西来回划着，说："你双肾饱满，没毛病。没听说谁的肾是一模一样大的。"我的腰部立马不酸了，多年的腰病就这么没了。

我把这事告诉同事。同事哈哈笑着说："有病别讳医。你这叫心病，要是早查，病早就没了。"

我也有一大摞取款单

那天，我到邮局汇款，填了十几张汇款单，备注了我的身份证，递给业务员。业务员逐张翻了一遍，核对完信息说："收款人也都是您吗？"我说："没错。"业务员说："自己给自己汇款？"我说："你可以这样理解。有问题吗？"业务员没说话，开始往电脑里输入信息。其实，我还带来了老婆的身份证，汇款人是谁并不重要。

业务员停止操作，又把下面的单子翻了一遍，疑惑地说："每笔都是两元吗？"我说："没错。汇款没有最小额度限制吧？"业务员说："那倒没有。"其实，我也可以把金额写成五元、十元或者更多，这并不是个大问题。

汇款手续全办完，也用了好一阵子。业务员轻轻摇了摇头，似乎对我办的这事很不理解。我心想，我也不想这么麻烦你，可不这样我怎么能办起班来呀。

前些日子，我看到网上有人办文学创作班，到 QQ 群里发招生通知，接着又发了一张图片，是一大摞取款通知单，说是最近报刊杂志寄来的；群里点赞不断，咨询和解答顷刻间霸屏。我一年也能收到两三张报刊杂志稿费单，我也要办班。但我深知，宣传技巧很重要，凭你说破天，还不如把取款单亮出来更能说明问题。凑巧的是，我昨天收到一张省级刊物寄来的五十元稿费单。我要用足用活这张单子，发挥它应有的作用。我将把它放到即将收到的那十几张取款单的最上面，然后再拍张清晰的图片，和招生广告一并发到各群里。

想想马上就会有一大摞取款单可以宣传，我似乎已感到那应接不暇的报名和银行卡唰唰的进账声。

太阳从西边出来

视情况

　　那天，老王拿着本文学作品选。我要过来看，觉着"传世文学作品编委会"的落款名称很眼熟，就说："半年前好像看到过这个编委会要编辑年选的启事，我还给他们投过一篇稿子。"老王翻着目录说："没错，就是半年前发的启事。有我的一篇，怎么会没有你的呢？"我说："很简单，没选上呗。"老王说："你在这圈子里可是比我名气大多了，你的要是没选上，我的更不够资格入选。"我说："话可不能这么说，作品还是要看质量。"

　　老王说："你投的是年内发表过的吧，这是起码的要求。"我说："我的那篇还是在国家级刊物上发表过的，单位为此还奖励了我。"老王说："你说的那篇我拜读过好几遍，我的那篇是在市级刊物上发的，和你的就不在一个档次上。我的能入选，你的没有理由不入选。"

　　老王很是不解，又说："他们难道连个信息都没给你发过吗？"我说："投过去没多久，收到过一次信息，说是已经过了初审，以后视情况再通知。可以后就没了音信。"老王说："让我看看信息。"我打开手机邮箱，把手机递给老王。老王拿过去扫了一眼，笑着说："这信息跟发给我的一样，怪你没仔细看，肯定也没按照人家说的办吧。你看下面有个图书广告，这是组委会特别推荐的，每套四百八十八元，建议已过初审的至少买一套。"我说："看到了，这只是个建议。"老王说："可我买了一套，人家就视情况通知我；你没买，人家也视情况没通知你。都是文人，一看就应该清楚。再往直了说，岂不有辱斯文。"

哈哈一笑

过了终审通知你

那天，跟老刘聊天。老刘说："你知道《时髦老年人》杂志吧。"我说："知道。"老刘说："去年年底收到他们的信息，说只要订一年杂志，年内至少可以发一篇文学作品。我订了今年全年的，每个月都投稿，这都要到年底了，也没上过一篇。"

我说："你可以问一下。"老刘说："问过两次，每次都说，过了终审会通知我。"我说："人家没说错，作品质量要过关，要对读者，对杂志的声誉负责。不过，你写的小小说还是很不错的，每年都上几次名刊。"老刘说："但人家的话冠冕堂皇，让你哑口无言。"

我开玩笑说："你可能专把质量不高的稿子投去，想着花钱订杂志就该登你的作品。"老刘苦笑着说："上半年有三篇，没见他们用，我就投到别的杂志，其中两篇已发，另一篇也已过初审。"

我说："也许作品风格不适合。"老刘说："我写的多是退休的题材，很适合。"我说："那总归是有原因。"

老刘说："有个文友年内投了四次，四篇都用了。他还没订全年杂志。"我说："他肯定有高招。"老刘说："他参加了杂志认可的'写作基地'，专门有人代收稿，但投稿人要付费，名曰'编辑费'。朋友说，你发稿，我付钱，一手钱一手货，反倒最保险。"老刘继续说："更可气的是，昨天又发来与去年底同样的消息。"我说："你别理他。"老刘说："我要等着看看今年最后一期有没有我的作品，不能白吃哑巴亏。"

不信去问他

那天一大早，家里来了个包工头模样的人。包工头一行进门绕了一圈，说："市里对沿街建筑物立面统一装饰美化。你家住顶层，要配合我们施工，近期要保证家里天天有人。"我说："没问题。这不，星期六我在家没出门，就是在配合你们。你说的这些我知道。你们按要求干活就是了。"包工头说："这可是要赶在节前必须完工的。这是政府工程，是献礼工程。"

下午，包工头一行又来家里，给几个人安排说："吊架支在客厅，吊架头从窗户伸出去。窗外的钢筋防护网全拆，窗框上面也拆，切出二十厘米高的空间，用来拉钢丝。"我一看要给房子动大手术，就赶紧说："其实，打开一扇窗户就够了，外面的钢筋护网切个口，能把吊头伸出去就行。窗框上面打个洞，把钢丝从洞里穿出去，满足施工需要就可以了。"

包工头看我一眼，说："照你说的那么细致，这活年底也干不完。这是节前要完工的重要工程。"我说："再重要，也不至于动辄就拆。房子现在住着人，不是空地。"包工头说："工程要加速推进，所有影响施工的都要拆。"我很生气地说："谁给你这么大的权力，说拆你就拆。"包工头说："执法局长说的。这是迎接重大节日的工程，挡挂的东西都要拆。不信你去问局长。"

我指着包工头说："我就是执法局长。我啥时候说过这样的话！"包工头满脸懵圈样，好半天才缓过神来。他弯着腰说："瞧我这狗眼，您换了身衣服我就愣没认出来。那话好像是赵副市长说的，不信你去问……"他边说边一溜烟走了。

哈哈一笑

真　摔

　　孟溪对做梦和研究梦境很入迷，在圈子里有诸葛神算之称。

　　那年集团公司选拔中层，孟溪听说自己拟被列入考察名单。八字还没一撇，自己却梦中在楼梯上摔了一跤。孟溪把这事告诉妻子，妻子觉着很晦气。

　　"浅薄，浅薄。做梦是有预兆的，解梦是有讲究的。"孟溪不屑地看了妻子一眼，说，"梦见楼梯，那是事业的象征，楼梯是台阶，是步步上升的阶梯。"

　　"可你是在阶梯上摔了跤呀。"

　　"摔跤也分往上摔和往下摔。"

　　"那往上摔呢？"

　　"希望上台阶呀。谁不是摔打着上去的！"

　　"要是往下摔呢？"

　　他拍拍脑袋说："那平时就要小心做事，多做好梦，争取往上摔。"

　　"你这次梦里是往上摔还是往下摔呢？"

　　这还真把他问住了。他一时记不起往上摔还是往下摔，只感觉摔倒和惊醒几乎是同时发生的。

　　不管怎么说，后来他如愿升了职。他回家对妻子说："那天梦里应该是往上摔。"

　　从此，他期待着摔跤的梦境再次出现，每晚入睡前都要幸福地回味那曾经的惊吓。

　　没多久他因故被问责免了职。妻子问："这回梦里是往上摔还是往下摔？"

　　"一点征兆都没有。事故那么大，先免职，后开的会。"他叹口气，"唉，光想着做梦了，这回可是真摔。"

小姐额头有颗痣

姥爷年轻时闯过关东，很有见识。下面这个故事就是姥爷给我讲的，但没告诉我故事发生的年代。

有一位家里有权势的尤美小姐，相貌平平，额头长有一颗痣，附庸者恭维说是颗实实在在的美人痣。

赶上选美，尤美小姐前往报名，却在报名处遭婉拒。小姐气愤道："阎王好见，小鬼难缠。"陪同者说："也不看看我们尤美小姐的身份和额头上的美人痣。"待他们说出小姐父亲大名，对方麻利给报了名。

更令尤美小姐恼怒的是，自己首轮比赛即被淘汰。

尤美小姐当即警告组委会："如此结果纯属弄虚作假，定让有关部门宣布选美结果无效。"尤美小姐心想，你们这些人眼瞎，我的美人痣也不是白长的。组委会领导不敢怠慢，立刻组织评委复查。评委多为外地人士，评选超脱，合议时一致认为：评的是美人，不是美人痣，况且长在额头上的痣也不能算是传统意义上的美人痣。最终结论是维持原结果不变。

但碍于权势，组委会建议某成员单位牵头成立痣文化研究会，推荐尤美小姐担任研究会秘书长，这才勉强得到小姐的认可。

直到尤美小姐有次感冒发烧，额头的痣奇痒无比，医生告诫要密切关注，防止癌变。尤美小姐惊恐万分，自此开始遍访除痣良方，痣文化研究会也关门大吉。

钱总的卡

　　这是十来年前的事。钱总到任第一天，就把自己的工资卡交到办公室憨主任手里。钱总说："以后的伙食费、理发费等，凡属该个人掏腰包的，就从这里面扣。你就代劳了，我虽然姓钱，但不喜欢沾钱。"有次钱总请老领导吃饭，还专门把憨主任带了去，强调是个人请客。又对憨主任说："回头结账用我的卡。"老领导果然喝得很开心，最后还是憨主任把他架上车送回了家。小区物业到钱总办公室催收住宅物业费，告状说钱总的夫人不但不给钱还骂了他们。钱总安慰物业一番，又道歉一番，把憨主任叫到办公室，让憨主任协助处理这件事。"现在就给物业把钱结了。"钱总不容置疑地吩咐说。集团公司搞专题教育，大家自我剖析。钱总说自己有懒惰思想和行为，把自己的工资卡交由办公室憨主任保管，凡个人付费事项都让憨主任代劳。钱总边说边看后排座列席的憨主任，憨主任红着脸笑了笑。钱总的剖析，赢得了大家的尊敬和上级的信任。钱总调任到别处，临走向办公室憨主任要工资卡。憨主任找半天没找着，称放到什么地方一时想不起来了。憨主任说要不就去办挂失，再补办新卡。钱总摆手制止，表示这事自己亲自去办。有人埋怨憨主任，没把领导的事真正放在心上。其实憨主任也一肚子委屈没法说，心想拿着卡有啥用，自己根本就不知道密码。

不打伞

蒋直素以贯彻要求原原本本、不打折扣而出名。仲夏,市里办博览会,要求辖区各单位抽调人员组成工作队,到会场周边路口公交车站维持秩序,引导行人。单位派蒋直带队。组委会对工作队员要求严格,除了遵守仪容仪表、语言等规范外,还专门提出要维护本城市本辖区本单位人员的形象,不许打伞。对此,蒋直一字不落记录在本,并向队员们进行了原汁原味的传达。

天有不测风云。从上岗那天起,连降四天大雨,队员们天天淋得像落汤鸡似的。队伍元气大伤,士气低落,蒋直出师不利。但原则就是原则,蒋直没有在原则问题上有丝毫动摇。

第五天,组委会召集领队开会,听取意见,安排工作。蒋直的汇报照例先重复大家的发言,诸如单位负责人高度重视,队员早出晚归不辞辛苦,以及维护好秩序的坚强决心。蒋直汇报的时候身上忽冷忽热。他最后试探着提问题说:"不打伞的规定能否放宽些,比如改为下小雨的时候不打伞,下大雨的时候由大家酌情掌握。"他反复表示自己的这个意见还不成熟,纯属一家之言。

"这事可能前面没说清楚。"主持人解释着,"动员会上说的意思是不要打阳伞。当时天气晴朗,没考虑到下雨的情况。大家常说实事求是和因地制宜,因时制宜,要运用到具体工作中。下雨打伞很正常嘛。"

散会,蒋直起身急往外走,他要把下雨可以打伞的决定及时传达给队员们。可等出会议室一看,外面已经是大晴天了。

钓

  某君善钓。每逢周末，他都自驾到湖边，撑阳伞，支小凳，甩鱼钩，然后就不时瞄着远处的鱼漂，开始享受独钓的乐趣。他对鱼的习性了如指掌，每次垂钓都会满载而归。他对那些饥不择食见钩就上的鱼很看不起，他钓上这样的鱼，会轻蔑地说："贱，太贱，好像不快快上钩就不足以证明自己天生就是别人的盘中美食。"钓上太瘦小的鱼，他也恨铁不成钢："真不成器，小小东西吞下偌大的鱼饵也不怕撑着，连进管教所的机会都没有就被判了极刑。"他有时也会放小鱼一码，那更多是嫌刺多肉少无法下嘴。钓上肥的，他会先抚摸几下表示安慰和谢意，末了就顺理成章投进身边的袋子里了。

  可今天大半天鱼漂纹丝未动。他细心揣摩着，他确定不是位置的原因，不是天气的原因，不是饵料的原因，他竟然想不出是什么原因。直到日薄西山，他感觉可能会无功而返了，有些丧气。他突然想起有人今晚要到家里来拜访。他知道这人最近碰到了麻烦，自己是答应要尽力帮忙的，而且近几天已经到家里来了好几趟，今晚看情况差不多该正式表个态了。

  "差点把这茬给忘了。"他收拾着渔具，慢慢卷起空袋子，准备驾车返回。他对白天的战绩很不满意。

  "收竿，不信离开这汪水就钓不到鱼了！"他踩下油门，直奔城里那浮躁的人海之中。

垃　圾

　　刘总检查施工进度，发现偌大的建筑垃圾挡在工区大门口。他下了车，让人通知项目主管王副总，必须立刻到现场处理。王副总迅速赶到，看着建筑垃圾把刘总的车挡在外面，着实感到十分难堪。他尴尬地朝刘总弯下腰，转身拨通了责任领导赵经理的电话。赵经理正在另一片区巡查，听到召唤后掉头来到刘总、王副总身边。赵经理很疑惑，因为他知道刘总要来检查工作，自己是先从大门口开始巡查的，刚从这里过去不久，压根就没发现如此大的东西挡在那里。赵经理立刻又拨了个电话，要求铲车迅速开过来，把垃圾弄走。

　　刘总、王副总和赵经理围着垃圾开起了现场会。刘总再三强调，现场管理问题不能大意，要随见随清。王副总、赵经理无不点头称是。表完态，铲车也到了。

　　就在三人闪到一边准备让铲车开进来的时候，有个小孩子抢先冲进来，抱起垃圾块就跑。三人大惊。对面报亭的人插话道："那是学生用泡沫板做的模型，外面刷了涂料。刚才大人围着，孩子不敢进去拿。要是你们动动手就知道了，很轻的。""从现场管理的角度来讲，再轻的东西也不能看轻了。"刘总又继续强调着，"一定要举轻若重，不能懈怠，这样工作才能占据主动。"开始是刘总、王副总和赵经理围着垃圾开会，后来越来越多的路人驻足观看，把三人又围在了中间，以至于交警不得不前来干涉。

　　现场会的图片第二天登上了企业快报，刘总的表情是那么严肃、认真。

哈哈一笑

163

欠一顿饭

　　20 世纪 70 年代，粮油还是定量供应，吃饭是生活中的头等大事。省供销社在县召开现场会，一直开到基层社领导。开会也就成了大家改善伙食的难得机会。魏主任是偏远乡的基层社主任。第一天早餐，魏主任一口气吃了七个煮鸡蛋，直到感觉肚里垫了底，才喝稀饭，吃馍馍，然后抹嘴搓手起身离座。吃晚餐时，魏主任基本是望餐兴叹了。他砸巴着嘴唇向同桌客气道："多吃点，多吃点。"俨然主人一般。第二天早餐，魏主任还是很早就到餐厅。他似乎忘记了昨天的教训，一口气又往嘴里塞了六个鸡蛋。说实话，他不是有意比头天少塞一个，实在是塞不进去了，晚餐还打着早餐的嗝，直到睡觉前还直喊亏。省社办公室赵主任负责会议接待。他把这些看在眼里，就给魏主任出了个主意，魏主任这才转过弯。

　　第三天早晨，魏主任悠闲地来到餐厅，只喝了点粥，他要留足胃口吃中晚餐，还要补上头两天的亏空。没承想早餐刚吃完，上级紧急通知回原单位抗旱，会议匆匆宣布结束，中晚餐也成了泡影。旅馆大厅里，赵主任在给大家送行。看到魏主任，他苦笑着不住地摇头。"这事闹的。"赵主任摊着双手说，"我欠你一顿饭。"他遗憾地与魏主任握手道别。此后多年，赵主任都觉着对不住魏主任。魏主任每次到省城，赵主任都要请他吃饭，直到退休多年后还是如此。每次见到魏主任，赵主任也总要先说："我欠魏主任一顿饭。"

杨大姐搞福利

这是十几年前的事了。

那天早上，后勤杨大姐一上班就到刘经理办公室汇报工作。刘经理一改往日的正装，今天穿了套运动服。

"小姨子送的，非让我穿上看看效果，"刘经理客气地让了座，"杨大姐觉着怎么样？"

"平时只见您西装革履，那么严肃，其实穿上这休闲装更显潇洒。"杨大姐赞美道。

杨大姐把刘经理穿时髦衣服的事挨个科室进行了通报。好几位科长听后也没事找事去向刘经理请示工作。

"你们说经理穿得怎么样？"杨大姐认真地问着从刘经理办公室出来的每一位。

"那还用说，莫不是单位想给我们每人买一套？""大家觉着好就买呗。"杨大姐少有的痛快劲。

杨大姐真的给每人发了一套和刘经理一样的运动服，而且大家当天就拿到了手里。

晚上一回家，杨大姐就给刘经理的小姨子打电话说："你还说那些服装在你库房里积压了一年多，百十件一会儿就发完了。你不会怀疑我们的审美观吧。"杨大姐将话筒换了只手，"你就是怀疑我们也不能怀疑你姐夫吧。就那服装，不是重大节日穿着都可惜了。"看到丈夫不知什么时候回到了家，杨大姐捂住话筒，从包里拽出带回来的运动服甩给丈夫，说："拿去，穿上做饭去。"她又继续和刘经理的小姨子说话了。

主任的电脑

这事大概有十五六年了吧。

听说我注册了网店，那天，主任找我谈话。主任摇着头不听我解释，板起脸强调说："年轻干部，要令行禁止，守得住底线，不能兼职经商，不能有非分之想。"

单位选拔中层干部，我入闱参加面试。主任也是面试官之一。面试题是从上级有关部门的题库里随机抽取的，其中一道题就是电子商务方面的。我从开网店讲起，提出经济部门应该积极支持企业利用网络资源，搭建土特产品销售平台。

回答完毕后，其他面试官都在打分，只有主任半天没动笔。工作人员催了好几次，别的评委也在等他。从公布的面试成绩看，主任给我的分数很高。后来主任找我谈话说："尽管出了这样的题，尽管回答也很正确，但无论如何也不能干违反规定的事。"他还惦记着我开网店的事。

我告诉主任说："我是在学习电子商务，没卖东西。"主任质疑道："一个月工资才几个钱，开店不卖东西，租金也受不了呀，还把我当外行糊弄。"

后来主任调动要走了。信息中心提出对主任用过的电脑进行格式化。主任问明白原因后，摆了摆手说："天天忙得不可开交，哪有时间玩电脑，还是完好无损地留给后面的人用吧。"

信息中心的人解释说："电脑不管用不用，几年下来，也该更新了。"

"怎么说话呢。"主任不满地瞪了一眼，信息中心的小伙子不再说什么了。

主任又让信息中心把他的电脑拿到我的办公室，专门交代说："不能用公家的电脑做自己的买卖。"

橘　子

　　小朱把橘子放在办公桌上显眼的地方。小朱对来办公室的人说："赵副总给的。"他不想掩饰内心的激动和骄傲。

　　科长过问："怎么把吃的东西放到办公的地方。"小朱又把刚才的话重复了一遍，科长也无话可说了。

　　下班一进家门，小朱对老婆说："领导送我水果了。"老婆带了娇气说："怎么没拿回来让我也尝尝鲜。"小朱不屑地应付道："放在单位了，改天拿回来。"老婆不满地"哼"了一小声，又进厨房加做了两个菜。

　　周末老同学聚会，小朱瞅机会插话说："领导也给我送了水果。"班委们很快挨个与他碰了杯。

　　说实话，小朱不是不想吃橘子，也不是不愿往家拿，实在是赵副总给的太少，经不住吃，也没法往家拿。那天赵副总跟客户商谈完业务，送走客人后，又路过洽谈室，进来跟收拾桌椅的几个人说："刚才接待客人没吃完的，大家拿去分了吃，千万别扔掉浪费了。"赵副总顺手拿一个橘子塞给了小朱。小朱没舍得吃，回来供到了办公桌上。

　　半个月后，街道检查卫生，因小朱桌上有腐烂橘子，单位被扣了分。赵副总在大会上严厉批评了小朱所在的科室，科长在会后又狠狠训斥了小朱，单位还扣发了小朱的文明奖。

　　"这惹祸的东西。"小朱埋怨着那个橘子。

哈哈一笑

鼓 掌

由于身份地位的局限，我鼓掌的机会要比各层面老总们多，时间久了，以至于哪种场合不该鼓掌都不太清楚了，也是因为还没碰到过不该我鼓掌的场合。

那次会议，周总做了两个多小时的报告后，主持人再三提议"鼓掌""热烈鼓掌"。我放开手脚使劲拍着巴掌，没想到刚散会周总就被纪委带走接受调查。

我很尴尬，也很自责，到科长那里解释并做检讨。我说："科长，我很内疚，刚才我不应该鼓掌，但是我鼓了掌。"科长歪了我一眼说："讲话内容又不是你定的，讲稿也不是你写的，轮得着你内疚吗？你算哪个级别？周总被带走了，会议精神也没说不要贯彻，讲话内容是董事会的精神。你一个科员拍几下手，有什么可自责的。你要是自责了，我是不是也该到我的主管领导王副总那里去自责！王副总是不是也该到周总那里……啊，周总已经被带走了。"科长看我还站在那里，就挥挥手说："去去去，干你的活去。"

我没动弹，小声问科长："以后听各位老总们的讲话能不能不鼓掌，或者不那么快就鼓掌。"科长瞪着我说："怎么会有这样的问题？那样的话，谁知道你是不是对领导有意见。"科长略一停顿，又看着天花板说："从某种意义说，鼓掌既代表你对讲话内容的认可度，也代表你对讲话老总们的认可度，还证明你听清楚了。"

我使劲鼓着掌说："还是科长高见，我听清楚了。"

太阳从西边出来

习惯表态

郝副总是有名的老好人，班子研究问题时都是靠后发言，且多以"没意见"或"同意以上意见"等表态。郝副总分管后勤，福利事项是他负责的范围。李总有次召集办公会议研究一项福利，后勤科长读完报告，郝副总半天没吭气，反倒一不留神放了个屁，逗得各位老总们直笑。大家认为上面刚发文禁止滥发福利，现在研究这样的事项不合时宜，会议没有通过福利方案。李总对把明显违反政策的东西提交会议研究很不满，要求分管副总以后对上会事项要严格把关。李总显然对郝副总提出了批评。

会后很快就有了两个版本的传言：一个说郝副总在研究福利时放屁；另一个说郝副总在研究福利时不表态，只放屁。这都是事实，但听着却一个比一个别扭。

郝副总很是郁闷，无处解释，再开会时更是上下都夹严实了。

可这样又出了问题。有一阵，外面传言郝副总开会连屁都不放了。

年度对老总们的考核不再只由上级说了算，而是改为以各层级负责人和一般职工的测评为主要依据。郝副总的称职以上票竟未过半数。有人还在测评票上留言：屁都不放，何以担当。

上级委托李总找郝副总谈话。郝副总感慨好人难当。李总不同意郝副总的观点，纠正道："是老好人难当。"郝副总勉强点头。李总拍了拍郝副总的肩膀说："传言和留言也要引起重视，该说就说，该放就放，要不然憋坏了身体还得不到认可。"

郝副总习惯地环顾四周，当他确认没有别人需要发言时，他才依旧谦虚认真小声地表态道："同意李总的意见。"

哈哈一笑

可怜的小树

刘总在院里散步，看到南墙根那排小树缺水，就要求办公室发动各科室，在最短的时间内给小树浇上水、浇足水，决不能让小树旱死，要把确保给南墙根小树浇水与科室绩效考评挂钩。

刘总的要求很快变成了行动。

"报告刘总，我们科及时传达您的要求，第一时间动员组织全科室人员给小树浇了两遍水。"一科科长汇报说。刘总十分高兴，表扬一科贯彻精神快、敏锐性强。

"报告刘总，我们科不但及时给小树浇了三遍水，还建立了责任制，科室领导进行责任分解，科员进行任务分工，确保不让小树缺水。"二科科长汇报说。刘总十二分满意，表扬二科工作扎实，落实有力。

"报告刘总，我们科不但给小树浇了四遍水，还给家属发了倡议书，实行家庭助浇活动，发动家属监督并动员家属也给小树浇水，保证浇足浇透。"三科科长汇报说。刘总万分赞赏，表扬三科工作有创新。

各科室越干越有劲，越干花样越新。积极性所致，给小树浇的水一度流到三十米开外的职工住宅门口。住一楼的职工以大局为重，只在门口砌了两砖厚的门槛挡水。

一个月后，刘总又在院里散步，发现南墙根的小树大多已死，轻轻一拔连根都拔了出来。"可怜的小树，活活涝死了。"刘总使劲拍打着脑袋。

刘总让办公室主任通知各科室负责人停止浇水，往北墙根转着，却发现北墙根的小树旱死了大半。

太阳从西边出来

死人埋单

　　十几年前，单位招待费常超标，办公室夏添主任为报账动过不少脑筋。

　　夏添主任有次陪完客人，结账时一看金额酒醒了大半。他央求酒店到副食店把烟酒开成了副食品发票，自己在发票上注明是看病号的慰问品。会计知道后提醒说："吃了就是吃了，要把吃的写成吃的，别让大家跟着违规。"夏添主任说："我也想把吃的写成吃的，可数字那么大，你能同意吗？"

　　夏添主任有次还真做到把吃的写成吃的了。单位宴请一个考察团，夏添主任临走时打包了几块桌上的骨头，回去扔给单位那条看家护院的土狗。护院狗摇着尾巴欣然接受，边吃边感激地在夏添主任身上蹭了几下。夏添主任很欣慰，突然有了灵感，他把招待费开成了两张发票，其中之一是狗粮，而且狗粮款超过了人吃饭所用的金额。夏添主任想，你个狗东西尽管是最后吃的，但也是吃到最后的，承担的费用当然要多一些。

　　夏添主任很清楚在处理招待费问题上要不断有新招，但由于整天忙于接待，大脑也常不听使唤，他好几次先打了白条。年底财务轧帐，会计提醒夏添主任，说："那几张招待费的白条子无法做账，要抓紧换成正规发票。"夏添主任苦思冥想，不停地拍打着脑门，最终还是请开花店的老同学帮忙。夏添主任把发票送到财务科，会计看后很为难，年内已经有十几笔花篮的票，单位哪有那么多喜庆事，开太多的花篮发票过不了审计关。夏添主任灵机一动，拿过发票略一动笔，他把"花篮"改成了"花圈"。

拆围墙

这是十几年前的事了。

公园赵主任主持召开主任办公会议，研究困扰大家多年的公园围墙失修问题。赵主任说："年年申请预算都批不下来，整个围墙已成残垣断壁，却又不能列为保护性建筑，雨季又到了，拖下去要出问题，大家一起拿个主意吧。"

"春天那场小雨，使墙体脱落，砸伤了那位沿墙根走的老太太，我们赔的钱也够修半堵墙的了。"

"那个小学生翻墙抄近道上学，墙倒压伤了腿，学生家长还说公园的围墙不像墙，连个小孩都撑不住，说倒就倒。"

"市民投诉，公园早上开门晚，晚上关门早，没有发挥好公共场所的作用。"

大家正你一言我一语地说着，有员工来报，正门边围墙墙面又发生了较大面积脱落。大家互相看着，最后都看赵主任。赵主任一跺脚拍了板，把剩余的围墙推倒，把建筑垃圾也拉走，就等着上级发落了。

公园拆除围墙的事很快上了新闻头条，竟赢得了社会一片赞许声。拆除公园围墙还被补列为年度便民十大举措，财政也拨来了一笔不菲拆迁费。

又被收容

赵君那次是被集团公司系统会议的会务组收容了。会议前安排了现场参观,半天要参观十五个地点。除去路途,每个地点停留参观的时间不到一分半钟。

赵君在一参观点如厕小解,匆匆完事,还未拉好拉链出来,车队已呼啸离去。赵君正不知所措,只听有人喊了一声:"收容车。"一辆面包车戛然停到跟前,他被拽上了车。待缓过神看,车上竟有五、六位同行已经被收容。

车上再发矿泉水,赵君死活不接。问其原因,赵君惊颤道:"无论如何一天也不能被收容两次。"

尽管白天受到惊吓,尽管现场参观没有头绪、蜻蜓点水,甚至有好几个地点还没点上水,但并不影响接下来的座谈,也不影响赵君参加座谈。凭着赵君的经验,座谈发言穿靴戴帽只要不大幅度跑题,中间有一两个例子,讲个十句八句,总能赢得一些掌声。主持人强调,为了节约会议时间,提高会议效率,并且给吴总留足总结讲话的时间,每人座谈发言控制在八分钟之内。因人数众多,没多久又要求控制在三分钟之内,鼓励不超过两分钟了。但赵君还是要发言的,因为大家不全部发言,吴总就不好总结讲话,因为吴总讲稿的第一句就是"大家都进行了很好的发言"。轮到赵君发言时,大家早已疲惫不堪。

"这个会议很有必要,尤其是现场参观。"赵君发言刚穿了靴,一时思路连不起来停顿了一下,不知哪位便带头拍了巴掌,直至发展到密集的掌声。赵君惶恐地立刻打住,紧接着就被拿走了话筒,他感觉自己又被收容了。

红运当头

　　王副总下乡，向当地分公司张经理提出想到河床里转转。王副总说："这里是有名的玉石之乡，咱也碰碰运气，看能不能捡着一块羊脂玉。"大家心想，这河床已被翻了若干个底朝天，能捡到玉那早就是传说了。然而张经理却说："能，一定能捡到玉。"张经理带路，和王副总一起走下了河床。王副总指着被挖成千疮百孔的河床说："简直就是些天坑，人掉下去都看不到，哪里还能捡到玉？"张经理信心十足地说："集团公司宋副总、李副总不久前都曾在河床里捡到玉，王副总吉人天相，红运当头，必定也能捡到。"张经理又侧脸看看王副总说："玉也善结人缘，宋副总说喜欢碧玉，果然捡到一块菠菜绿的上好碧玉；李副总喜欢黄玉，也捡到了称心的黄玉。王副总您喜欢羊脂玉，怎么就不能捡到羊脂玉呢？老总们都是吉人天相，红运当头。"

　　王副总听着张经理的话，心情自然舒畅。王副总信心十足地往前走着，直到走出了微汗，他停住脚步，不想再走。王副总说："莫非走的不是地方？"张经理说："怎么不是地方？"张经理指着王副总的脚下说："您站的正是地方，您抬抬脚。"王副总一抬脚，大喜，一块羊脂玉正在脚下。王副总捡起把玩半天，收入囊中。王副总确信自己有当头的红运。当然，张经理似乎也看到，王副总红运的光芒，也很快把自己前面的路给照亮了。

肩膀上面是嘴

这事似乎有些年头了。那时候，我这嘴有段时间老让我出丑，细究原因，问题出在秘书们身上。

有次现场交流会介绍情况，我居然念了两个"第九"，当着那么多外乡干部出丑，好像我不识数似的。再者，本来可以多一条经验的，非要自己减少一条。为此我骂了王秘书整整一个下午，如此幼稚的差错是绝对不该出的。

还有一次，在村里开座谈会，我居然念出"要求各级领导干部……"。我一个乡里的干部基本就是最基层的了，顶多要求七站、八所和各村就到了头，怎么还冒出个"各级领导干部"，莫非让我要求上级领导不成？怪不得出席会议的上级领导在听到那句话的时候咳嗽了几下。我为此骂了刘秘书整整一天："如此幼稚的错误在你们身上怎能反复出现？真不知道肩膀上长的到底是什么。"

那天开办公会，我又专门强调了写讲话稿的问题："要是再出类似问题，我一定要骂你们一个星期，还要扣掉全年的绩效奖。肩膀上扛着个挺大的脑袋，简直就是榆木做的。你们要好好地动动脑子。"

有人似乎不太服气，问我的肩膀上面长的是什么。"当然是嘴呀，我平时要说那么多话，甚至一说就是一整天，连吃饭和睡觉的时间都是挤出来的。说那么多话，念那么多稿子，哪有用脑子的时间。告诉你们，下次谁再让我出洋相，我要骂他十天，而不是一星期。"

哈哈一笑

规　律

听说老张炒股很有一套，我追到证券营业大厅向他请教。

老张拍着我的肩膀说："股票涨跌有规律，要严格遵守；最近这行情，开盘大跌就买，上午大涨就卖，收盘大跌第二天买，铁定的规律。"

老张说："宇宙股份早上开盘大跌，明显是震仓洗盘，要坚决吃进。"老张边说边迅速操作买入。果然，宇宙股份下午逐步攀升。老张说："明天开盘肯定高开，抓紧卖掉就是了。"正如老张所说，宇宙股份第二天早晨高开五个点。老张在大厅抬高嗓门说："把握住规律，不想挣钱都难。"

我跟着老张操作了几把，也都挣到了钱。这让我更有了信心。

那天野马股份下午收盘大跌，老张提醒说："明天按规律办就是了。"第二天一早，我又跟着老张全仓杀入。老张说："合适的价格卖掉，钱就到手了。"可野马股份却跌跌不休，几个交易日就损失过半。我感到很意外，就跟老张说："这次规律不灵了。"老张说："你可以补仓，或者卖掉止损，这也是规律，我正要教你呢。"

我说："没资金了，卖掉亏损又太大。"老张说："那就别卖，反正一股也没少。"我说："那要多久涨起来呀！"老张说："早晚会涨的，横着有多长，竖着就有多高，这更是规律。"

不过从老张的脸色能看出，野马股份让他也大伤元气。

大厅里不少人埋怨老张，总结的规律让大家都栽了。老张说："我哪有那本事，是朋友背后指导的，朋友的朋友是超级大户，经常坐庄，是常胜将军。"我突然觉着，照老张说的炒下去，最终输光家底也才是规律。

太阳从西边出来

176

太不讲究

那年，与 W 网站刚签约，我便急匆匆向网站图片库发了一组自己比较得意的图片。网站当天就采用了，图片左下角还显示"版权作品，请勿转载"的字样，并给我付了稿费。搜索发现，还有十几家网站也相继使用了那组图片。我心里乐滋滋的。

一个多月后搜索，发现那十几家网站还挂着那组图片。我有些憋不住，就拨了一家颇有影响网站的电话，带些紧张地说："你们用图片是不是应该给作者付稿酬？""怎么还提钱的事！能登上我们这样的权威网站，那就直接提升了你的知名度，这是你的荣耀。"对方不容置疑地说。我说："可退一步说，你们也太不讲究了，那图片上的'版权作品，请勿转载'字样还是人家 W 网站的。"没等我说完，对方就挂断了电话。

我又给一家小网站 Z 网站打电话，憋足了劲说："你们用图片应该给作者付稿酬。"对方很客气地说："这是随机在网上抓的图片，你如果不同意，我们可以帮你把图片撤下来。"我顿觉无语。我说："可你们也太不讲究了，那图片上的'版权作品请勿转载'字样还是人家 W 网站的。"电话那头再没回声。

连续打几家电话，结果大同小异，意思是怎么都行，要钱没门。我很是气不过，拨通另一家网站电话，直截了当地说："你们哪怕用 W 网站的'版权作品，请勿转载'的字样，可落款单位也该换成你们的吧，你们都太不讲究了。"对方很不高兴地说："谁说我们用的是 W 网站的？我们明明是从 Z 网站下载。不信，你可以上 Z 网站去看看，我们是很讲究的。"

必须玩真的

　　有次碰见老刘，他绕着我转了三圈，吃惊地说："好久没见面了，你这身材现在可以当模特了，有什么灵丹妙药？""很简单，徒步，每天一两个小时就行。"我拍着他的将军肚说，"你家旁边有公园，你现在也退休了，照着我说的做，不用多久准见效。"一个月后，我给老刘打电话："最近徒步怎么样，应该初步见效了吧？"老刘说："一身赘肉丝毫没掉。"我说："每次走的时间太少吧？那样效果就差了。"老刘说："你说每天一两个小时，我都在三小时以上，好几次吃中午饭还是老婆电话催回去的。"我说："继续坚持吧，有付出总会有效果的。"又过去一个月，我给老刘打电话："最近徒步怎么样，效果应该十分明显了吧？"老刘说："明显什么呀，两个月下来，体重还增加了一公斤。"我说："每次走的步数太少了吧？"老刘说："每次进公园就没闲着。我也没法数步数，不过，你说几小时下来能少得了吗？"我说："再坚持坚持，有付出就一定会有效果的。"对老刘的这种状况，我很不解，别人都有效的东西，到他这里却就失了效。有天上午，我到公园悄悄跟在老刘后面，看着他一分钟走不了十步，还摇头晃脑哼着小曲，憋不住上前使劲拍了老刘的肩膀。老刘回头一看是我，挺着肚子说："你看看，付出那么多，也没什么效果。"我笑笑说："锻炼身体和你以前在单位挂了个虚衔没责任不一样，必须玩真的才行！"

太阳从西边出来

意 外

天知道，我怎么突然间对探索地球上的外星人有了浓厚兴趣。我全额赞助并亲自参加，邀请到著名的动物语言学家哈利等知名人士，一起到传说有外星人后裔的森林深处探秘。就在我认为已经发现外星人踪迹的时候，哈利却不肯再继续下去。

我说："都已经发现踪迹了，说什么都要坚持下去。你别操心钱的事，花再多的钱我都心甘情愿，我有花不完的钱。如果发现了外星人，不但能满足我们以及世人的好奇，我还能因此赚更多的钱。现在离目标就一步之遥了，不，半步之遥，小半步之遥……"可任凭我怎么说，哈利却不肯前行。

我继续做工作说："都要认定发现外星人了，怎么都不该停下来。这项探索意义重大，世人关注。外星人就在眼前，我们必然扬名世界，流芳百世。媒体、家人，甚至全人类都在盼着我们凯旋。这不是一般的探寻，这是一项事业，是人类的渴望……"哈利依旧不为所动，他不住地摇着头。

我继续耐心地说："做事要有头有尾，不能半途而废，这是科学家应有的态度，也是科学家应当承担的责任。你们刚才也看见了，不远处那几个像人一样半站立的动物，大的高大结实，小的婴儿般可爱。它们叽里呱啦比画一阵子，转眼就不见了踪影。那可是跟传说的外星人后裔一样呀，我们要紧跟它们的行踪，大踏步前行。我们就要曝出天大的新闻了。"

哈利说："其实，那只是和人类基因很接近的一种黑猩猩。刚才他们发现我们后，边逃边喊着'外星人来了'。也许它们的话才是对的。"

弯不下腰

参加周末戈壁滩捡石头活动，结识了老赵。我们并排往深处走。我无意中朝老赵那边扫了一眼，看到他旁边有块不错的石头，就说："老赵，你左边那块彩玉，怎么不捡呢？"老赵用徒步手杖戳了几下石头，说："的确不错。"他轻轻拍着腰，似乎表示弯腰不方便。刹那间，后面有个年轻人过来捡起石头，装到了自己包里。我愣了一下，说："别人看到的，他装到包里。"老赵却笑笑，示意继续往前走。

没走多远，我又站住说："老赵，你右边有块风凌石，快捡起来。"老赵轻轻踢了几下，说："确实算块精品。"老赵这回大概有了防范，先回头看看有没有人。可他刚一回头，那个年轻人又过来将石头捡了去。我生气地说："一点道德都不讲。你也动作快一点，一弯腰就到手了。"老赵笑笑说："谁拿都一样。"我说："起码不是他先看到的。"老赵还是笑笑，示意继续前行。那小年轻的一直徘徊在我们附近，老赵的石头几乎都让他抢走了。大半上午下来，老赵的包里只有一两块小石头。到了集合返回的时间，老赵很快走到了最前面。我把那小年轻的招呼过来说："你这年轻人太差劲，人家老赵弯腰不方便，你也不能趁火打劫呀。你收获满满，老赵几乎空手而归。"小年轻笑道："你误会我了。我包里的石头最终都是老赵的。老赵是我们赵总。我是陪着赵总出来捡石头的。赵总那么高级的人物，平时一句话一个眼神就够了，今天还亲自动了手脚，这就很让我难为情了。这么点小事再让赵总亲自弯腰，那带我来算干什么的呢？"

请你理解我

那天我去缴费，收费员问："缴多少年的？"我合计了一下，说："缴五十年的吧。"收费员看我一眼，说："不能缴那么长时间的。"我说："没关系，费用还能接受，我带的钱也够了。"收费员说："带够了也不行，你有再多钱都不行。我们有规定，一次最多只收二十年的费用。"我说："现在哪有这样的单位，多给你们缴钱还不要。"收费员说："你看后面还有好几个排队的。请你理解我。"

我迟疑了一下，又说："我已经五十多岁，是当爷爷的人了，身体也不是太好，跑一趟不容易，你就通融一下，让我多缴些年的吧。"收费员说："你看那边坐在椅子上休息的老爷子，七十岁了，刚才想一次缴七十年的，也不行，谁都不行，年龄大也不行。最多只能缴二十年的。"我说："等下次再缴费，我的岁数比那位老爷子都大了。"收费员说："你可以让你子女来，或者孙辈来，谁来都可以。"我说："我儿子是独生子，在外地工作，到时候还不知道能不能指望得上。我们这代人的孩子都是独生子女。"收费员说："现在已经放开生二胎……请你还是要理解我。"

我按规定付了二十年的费用。收费员边打印收据边说："不少人都想多缴一些年的费用，岁数越大越想多缴，对规定却都不了解。"我拿了收据，没挪动脚步。收费员说："还有什么要办理吗？"我说："我岁数大了，说出来也请你理解。我就有一点放心不下，你们这里有欠费强拆的规定吗？"

我这是在东山公墓给过世的父母办理合葬手续，缴墓地管理费。

你看看这个就行了

看到网上有不少这样那样的班，我也准备办个文学创作班。我先建了个QQ群，再到各群发广告招生。

我在某群发完广告，有人问："你的教学力量强吗？"我立马发上去有一大摞取款通知单的图片，说："这是我最近收到的报刊杂志的汇款单，首张是五十元，有日期和收款人姓名，这一摞不少于十五张吧。你看看这个就行了。牵头人都这样，团队能差得了吗？"群里一阵点赞，有四五个人随后联系要进我的班。

我又进另一个群发广告。刚发完，就有人问："你能介绍一下你的作品发表情况吗？我要找有实际写作经验的人指导。"我又把那摞取款通知单图片发出来，说："这是我最近收到的报刊杂志的汇款单，有日期和汇款单位、收款人名字。我每月大概能收到这么两摞汇款单。介绍再多都是多余的，你看看这个就行了。"群里又是一阵点赞，有六七个人当即表示要进我的班。

没用两天时间，我就招了好几十人。我的办班致富梦看来不久就要实现了。

有个群的网友，看了我发的取款单图片后，还要让我把单子摊开拍成图片发上来，说是想累计一下金额开开眼。我毫不迟疑地答复说："这个我不能答应你，因为我的桌子不够大。再说，就是能摊开，那拍出来的小图片你能看清吗？要是拍多了往群里发，那岂不是要刷屏，群主还不得把我踢出去。"当然，还有一个重要原因我不会告诉他：我那一摞取款单，除了第一张五十元，其余都是两元；而那些两元的单，还是我自己汇给自己的。这要是让别人看了，我还办什么班呀？

厉害了

　　小王说话做事好故弄玄虚。有一次，小王回家说："厉害了，我的爹。"老王说："又是网上学来的那一套。我一个退休的人，怎么就厉害了。"小王说："不是您厉害了，是我厉害了。我第一个完成了招商任务，全科的人加起来和我差不多，也不知道他们是咋干的。"老王说："要虚心一些，你还是个新手。"小王很是不屑。又有一次，小王回家说："厉害了，我的爹。"老王说："别一惊一乍的，你又怎么厉害了？"小王说："今天有好几个人已经叫我王总了。"老王说："才干了两年就能被叫王总？"小王说："那有什么不可能的，现在什么年代？一切皆有可能。您就相信您的儿子吧。"老王说："工作时间短，干啥都要低调些，千万不可过于张扬。"小王不服气地"哼"了一下。时间长了，老王也就相信了儿子。老王感到很自豪，走到哪里都要带着把儿子夸上几句。

　　正当老王憧憬着小王如何出人头地、光宗耀祖的时候，小王那天回家又说："厉害了，我的爹。"老王说："又是什么让爹高兴的事？"小王说："单位把我辞退了。"老王脑袋一阵懵，说："你完成招商那么好，还是那里的王总，怎可能轻易被辞退？"小王说："也是我招的那帮哥儿们不长脸，没货源，缺资金，享受完优惠期，拍拍屁股全走了。至于叫我王总，那是客户对客户经理的尊称，我们科的员工全都是客户经理。"老王说："那你刚才还好意思说厉害了？"小王说："我以后就靠您了。有您做后盾，我不怕被辞退。我这回是说您厉害了，我的爹。"

哈哈一笑

八　卦

邻居老赵到我家串门，进门看着墙上的温度计说："这天气热得太邪乎，还是你家好，这才二十五度。"我说："还是有个温度计好吧，明天你也去买一个。"老赵说："关键是你家里装了空调，是空调起的作用，要不，就是装十个温度计，还不是照样热。"

老赵坐到沙发上，说："最近身体怎么样？"我说："前几天血压有些高。"我又拿出血压测量仪测了一下说："最近好多了，现在基本算正常。多亏有个血压测量仪，血压高也不是闹着玩的，你要是血压高也应该去买一个。"老赵说："测压仪也是个工具，光有测压仪有啥用。"我说："是呀，关键要知道血压高的原因，对症下药。前段时间连喝了几次酒，又熬了几个夜写东西，我发现血压高后，及时到医院看了医生，还少吃油腻，不熬夜，适当活动，很快就恢复了正常。"

我也关心问道："看你精神不太好，是不是不舒服？"老赵说："有段时间了，晚上失眠，白天迷糊，不知道为什么。不过不碍事，应该很快会好的。"

这时电视上正在介绍历史知识，说到八卦图。我说："八卦图太深奥，我们一般人也弄不懂。不过有人拿来算命，还有人挂着辟邪消灾，这就像用血压测量仪治疗高血压，用温度计降温一样。不针对问题找原因，什么事都靠八卦，你就是满房子挂上八卦图，能解决什么问题？"老赵看我老半天，一直没说话……

前两天，我听老赵的儿子说，老赵身体不舒服，不肯去医院，有人卖给他一张八卦图，贴在门头上，说可以治病消灾。

相反方向

小范是股票营业部的客户经理，他建了个客户群，时常提供些信息为大家服务。

有一次，早上开盘前，小范在群里提示道："据分析师推测，金星股份已经走出上涨跳空缺口，今天可重点关注，及时跟进。"紧接着，后面排着队竖起了大拇指。小范强调："上面有规定，不让推荐股票，请自己理解专家的意见。"

又有一次，下午收盘后，小范专门给我打来电话："木星股份横盘已久，据专家分析，今天的阴线将是最后一根阴线，现在是抄底的最好时机。"我说："好好好，非常感谢，感谢你的提示，我知道该怎么操作了。以后有好信息及时告诉我。"小范说："内部信息，不能到处宣传，我也是为了尽职责，挨个打电话提个醒。"

上次小长假，小范通知我去参加股民学习班。专家侃侃而谈："水星股份，还能继续跌下去吗？看看这个漂亮的圆弧底，你就知道下一步的涨势和上涨空间。"专家边说边把右手朝斜上方举起，活脱一个领袖在指引航向。不过，这很快又让我想起电视购物节目的场景。

年底，小范组织客户座谈。客户们普遍反映，照着提示操作，亏损不少。小范说："我是尽了最大努力，把专家的分析及时转达给你们，没有丝毫贪污截留。其实，也不是都亏损，同在一个平台上，老李就跟我说，他这一年下来的收益还是很不错的。老李也是老股民了，下面请他谈谈经验。"我有些不好意思地说："我也并没什么经验，只不过是每次都按照和专家建议相反的方向操作……"

打　脸

单位刚安打脸机（就是脸谱考勤仪）那会儿，规定超过上班时间半小时内打脸的算迟到，超过半小时以上算旷工。一些人感到不方便，但对好友老赵来说，丝毫没有影响。

单位对面的超市，每周一早上有优惠活动。老赵周一下班提着一袋鸡蛋往回走。我说："现在没法买优惠价鸡蛋了。"老赵小声说："有优惠咋不要，跟钱又没仇。一公斤相差四毛呢。"我说："打脸机不讲情面，迟到要扣月奖。优惠活动就一小时，时间有冲突。"老赵说："该打脸就打，该买优惠鸡蛋就买，不相干，没冲突。"老赵神秘地笑笑。月底看考勤，老赵果然全勤。

有个周末下午，老赵要到机场接亲戚，嘱咐我有事帮他照应一下。我说："接到人也该下班了，最好向科长请个假，免得算旷工。"老赵说："科长在外面开会。有打脸机，就不给科长添麻烦了。只要你别乱嚷嚷，就不会算旷工。"老赵当月果然没有旷工记录。

安打脸机前，老赵还时不时有请假。现在，老赵该办的私事一件没耽误，月奖也一分钱没扣过。我向老赵请教。老赵悄悄说："打脸机只管早晚上下班打两次脸，你要有事，早上提前来打个脸去办事就是了，不过下午再晚也要回单位打个脸。"

没过三个月，单位修改了打脸规则。那天，老赵被叫到科长办公室，回来时脸色难看。我说："挨批评了？"老赵气呼呼地说："改规则跟我有啥关系，我以前也是按规则办事！科长还说让我别打他的脸。我啥时候打过他的脸，我怎么可能打别人的脸，我每次明明都只打自己的脸。"

太阳从西边出来

186

朝里有人

老黄来家里聊天，聊起正在热播的清代康熙题材电视剧，以及皇帝身边的官员们。老黄说："里面没准也有你我祖上。"我说："我们山东日照太平桥李姓是名门望族，尤其是七世祖李应廌，不仅自己做到一品大员，还被康熙皇帝上封了三代，是有名的四世一品家族。"

老黄吃惊地说："意外呀，没想到你有这家世。"我说："家谱有记载，网上也能查到。"老黄说："现在距离七世祖有多少年了？"我说："我是十八世，大概三百年吧。"老黄说："怎么从来没听你讲过呢。"我说："小时候听老人说起过，一直没时间顾及，现在退休了，找来家谱证实了一下。"老黄站起身，向我作揖，一再深深表示敬意，再坐下时，就正襟危坐，和前面有了区别。

老黄说："知道祖上那么厉害，你应该十分自豪。"我说："是，有时想想也浑身热乎乎的，起码不能给祖上抹黑。"老黄说："我也为你感到自豪。你要让更多的人为你自豪。"我说："那是祖上的事情，都好几百年了，不好到处炫耀。"老黄不停地摇头。

老黄又说："祖上在朝里当那么大的官，你孩子知道吗？"我说："他在外地发展，不常见面，没告诉过他。找机会告诉他，也激励一下。"老黄说："何止是激励，用处大了。你要说起自己朝里有人，谁不另眼相看？"我说："都老皇历了。"老黄说："什么老皇历？前阵子有个来推销毛巾被的，说自己就是电视剧上那个太监的几十世孙，大家还不是一哄而上，立马把那些毛巾被给买光了。"

薛周梦蝶

听说薛周愿化蝶，蝴蝶们纷纷前来推介自己。

薛周看着褐色蝴蝶说："你先说说，为什么希望我变成你这样的蝴蝶？"褐色蝴蝶说："我是天生的伪装大师，近看远看就是一片枯叶，可以障人眼目，逃脱天敌的加害。我刚才要不是故意抖几下，你就不可能发现我。"薛周说："你的确很会伪装。可是我变成蝴蝶是为了更加快乐自由，而你活着好像就是为了躲避。你不是我的梦想，我要变成庄周梦到的那种蝴蝶。"

薛周对黄斑蝴蝶说："你再说说看，为什么希望我变成你这样的蝴蝶？"黄斑蝴蝶说："我的翅膀图案像只大老虎，谁都不敢来害我。"薛周说："你把我也吓一跳。可是我变成蝴蝶是为了逍遥自在，你时刻都在吓唬别人，也不是我的梦想，我要变成庄周梦到的那种蝴蝶。"

薛周又对花蝴蝶说："你也说说，为什么希望我变成你这样的蝴蝶？"花蝴蝶说："我不管从哪里飞过，都有百分之百的回头率。"薛周说："你花枝招展，招摇过市，靠花边新闻引人关注，更不是我的梦想，我一定要变成庄周梦到的那种蝴蝶。"

前后十几种蝴蝶，都没合薛周的意。他正要继续筛选，却被老婆叫醒。薛周说："我刚梦见不少蝴蝶。想体验一下庄周梦蝶的感觉，却没有一种蝴蝶是合意的。"他把刚才的梦复述了一篇。老婆说："你把人家的特点当成全部，妄下结论，肯定找不到庄周那种感觉。不过，幸亏我把你及时叫醒，你要真找到感觉变成蝴蝶飞走了，岂不是让我变孤单了。"

占 位

　　老邵出差顺路回老家，同辈邵智到访，称受族人推举主持修订家谱，已基本定稿，顺便征求老邵的意见。老邵说："这次修订与上次竟隔了七十年，时间如此之长，工作量可想而知，真是辛苦了。"邵智说："我还算有些文字功底，又是村会计，算大半个村干部，大家信任，义不容辞。为了家族的兴盛，再辛苦也值得。"

　　老邵接过家谱翻了几页，粗粗看着说："我时间有限，只能看看自家的支脉，细致准确，没有意见。就是先辈事迹页面上新增了幅少年写书法的图片，不知是哪朝的先辈？怎么找到的？"邵智说："这是个晚辈。"老邵说："不得了，一定是中国书法家协会的会员。"邵智说："不是。哪能这么小就成为书法大家。"老邵说："那就是获得过书法比赛大奖。"邵智说："也不是。"老邵说："上这个页面的都是国家、社会、家族高度认可的人。小孩子如果将来确有成就，下次修订家谱写上都不晚。"邵智好一会儿没说话。老邵缓和一下说："看图片上的几个字，孩子的确有天赋，将来定是族人的骄傲。"邵智说："是呀，谁说不是。修家谱也要有超前思维。"老邵说："我只是一己之见。你是村里的大管家，有权有威望，还是以你整理的意见为准。就是不知道这孩子是谁家的。"邵智说："我肯定征求意见，充分征求，亲自征求。我不分昼夜，不取报酬，能图什么？就是为把家谱修订好，修订科学，流传百世，传承万年。别因为这孩子是我的儿子就认为我要占多大便宜，好像我在为儿子先占个位置。"

退不下来

老李在公司当了多年的负责人，退休后没精打采。有个老中医告诉他，这是因为刹车太急，不适应正常人的生活节奏，需要有个过渡。老李想，过去上班是五加二，白加黑，而且天天开会，退了休再找人开会肯定不合适，就想到办个班，其实一分钱学费不收，还倒贴茶水钱，就是找几个老同事、老部下在一起坐坐，自己顺便讲讲话，过渡过渡。

老李要办班，先向几个老熟人做推介。老李跟老赵说："你也退休了，有时间，希望参加我这个班。"老赵说："领导退休后发挥余热，我应当支持。你办的叫什么班？"老李说："叫什么不重要。"老赵说："总要有内容，有主讲人吧。"老李说："内容包罗万象，主讲人就是我。"老李跟老钱说："我办的这个班，已经有人报名了，希望你也来参加。"老钱说："领导亲自动员，亲自主讲，我一定参加。我过去开会学习不积极，不知道学习班要求严不严？"老李说："跟单位差不多，不能太松散。如果实在做不到聚精会神听讲，呆坐着出神也可以。"老李跟老孙说："有好几个人报了名，你也来听听。"老孙说："有段时间没听你讲话，还真念得慌，手也有些痒痒。过去你讲什么我都鼓掌。"老李说："不反对鼓掌，只是别乱鼓掌，千万别没说几句就鼓一次掌。"老李还分别动员老周、老王、老郑等参加他的班。

第一次上课，老李还没讲多一会儿，老孙就带头鼓了几次掌。下课后，老李对老孙说："还专门跟你打过招呼，你们要是这个样，我什么时候能退下来？"

下次我请

老同学聚会，还是以酒助兴。班长讲开场白，大家起立干杯，然后杯口朝下，以示感情到位。我头天应酬喝过量，抿了一下想把杯子放下，怎奈齐刷刷的眼神射来，就咬牙喝干，这才获得落座资格。

马俊坐在我左边，他倒满杯子，也把我的杯子斟满，说："上次聚会，至今也有几个月了。"我说："忙忙碌碌，时间飞快。"马俊说："咱这年龄，家庭、工作压力都大，要注意身体。"我说："你也少喝，身体重要。我实在喝不进去了。"马俊说："肺腑之言。但这杯酒还是要喝。来，为我们的健康，干一杯。"我俩碰杯，一仰脖把酒干了。

赵祥坐在我右边，他倒上一杯酒，又给我倒满，说："电视上天天看你的广告，生意真是了得。你还是上学时的性格，什么事说干就干。我十分佩服你。"我说："机会稍纵即逝，不能虚度时光。应酬喝酒对我是勉为其难，我真不能再喝了。"赵祥说："谁说不是呢。喝多了既伤身体又误事。"我说："理解万岁。"赵祥说："但这杯酒要喝。来，为我们的事业蒸蒸日上干一杯。"我与赵祥使劲碰杯，一饮而尽。

陆续进行的还有每个人的举杯提议，以及穿插其间的互敬，让我难以招架。以后聚会再喝酒，我就不参加了。

服务员来问，还需要添加什么菜，厨师要下班了。这是酒店提醒催促客人的方式。班长把大家看了一圈，眼睛停在我身上："差点把你漏了。你事业风生水起，半天却不吭气。最后这结束酒，你说个话，咱把它干了。"我端起酒杯，站起身，虽然舌头有点硬但豪气十足地说："干！下次我请。"

哈哈一笑

挡不住

不知哪年哪月哪日起，谭无忌有了吐痰的嗜好。

早晨起床，谭无忌疾步到卫生间。老婆正在洗漱，见状赶紧躲开，说："没病没灾，整天在哪吐哪，实在恶心。"谭无忌两口痰入便池后，说："别说没用的，谁也别想挡。及时吐故纳新，这是生理需要，讲究卫生，要不，早饭怎么吃得下？"可外面正吃早饭的女儿，却已经没了食欲。

出单元门，谭无忌照例吐痰。大刘住一楼，正在关阳台窗户准备出门，便隔着窗栅说："你又在我家窗下宣示领地，是不是也该扩大一下范围？"谭无忌边走边说："这话太不文明，拿我比作动物。要怪就怪你窗下没放痰盂。到嗓子眼的东西不吐，莫非你还让我咽回去不成？这个你也挡不住。"

谭无忌一路吐着到了公交车站。等公交车那两分钟，他也没闲着，直到踏上公交车门，谭无忌转身又朝车下吐了一口。车站执勤上前制止。谭无忌心说："总不至于让我把痰吐到乘客身上吧？别说你个小执勤员，天王老子也挡不住我。"

接下来，谭无忌还分别在单位大院、走廊等地方吐痰，凡是去过的地方，都留下了或多或少的印记。

谭无忌有痰吐痰，没痰吐吐沫，连吐沫也没有的时候，他就干吐，就是"呸"的一声，但什么都没吐出来。对谭无忌来说，吐，成了一种习惯，一种嗜好。下午跟新来的领导外出，刚出门他就冷不丁在领导后面"呸"了一声。领导停住脚步，转过身，盯着谭无忌说："怎么个意思？"谭无忌吓出一身汗，说："没什么。我有点感冒……马上挡住，一定挡住。"谭无忌捂着嘴，一下午再没往外吐。

这面和得有问题

临近年根接到通知，工作队要留在村里过年。除夕下午，我安排大家一起到厨房包饺子。

小王边擀皮子边说："谁和的面，有问题。没和匀，擀不圆。"我说："和了两小时，可以了。"小王说："面里好像没放盐，擀两下又摊成煎饼了。"我说："别用那么大劲，要从外往里擀，中间厚周边薄，包饺子的面也不是越硬越好。"小王说："还是我妈和的面好。这饺子肯定没法吃。"

小刘边包边说："这面和的是有问题，都捏不出个漂亮褶。"我说："你包的那几个，打褶少的像菜盒子，打褶多的又成小笼包子了。面再有问题，也不至于捏出那样的褶。"小刘说："前面包的，没两分钟就开始露馅，下到锅里还不成面片了，这也跟面没和好有关系。"我说："你要使点劲捏，饺子皮上的淀粉也别放太多。"小刘说："我爸包的饺子，看着就来食欲。这饺子，大家肯定咽不下。"

老张和老赵也应和着小王、小刘的判断，尽管他俩正在准备晚上聚会的菜，与包饺子的活儿并无干系。工作队总共五人，就有四人说面没和好，这让一向对做饺子很自信的我倒有些怀疑自己了。

大年初一，单位领导和各家代表突然出现在宿舍院里，给大家来了个意外惊喜。因策划要求严格保密，工作队提前没得到信息。一起吃过饺子，送走领导和家人后，大家把剩下的饺子抢着全吃光了。我说："你们昨天下午还说没法吃、咽不下，现在却抢着吃。"小王说："要是昨天知道过年能见到家人，就不会说那些话了。其实，那面您和的真不错。"

哈哈一笑

搞活动

刘干事喜欢把很多日常工作归纳为"开展某某活动",而且更喜欢把这些活动见诸媒体——乡广播站。

秋雨连下三天后,刘干事一行到村民家了解住房漏雨情况,他把这称作开展进村入户问漏活动。刚问三家,接到电话单位有急事,就匆匆赶回,原本的问漏活动搁浅了。负责写稿的小赵请示:"提前写就的入户问漏新闻稿还发不发?"刘干事认真地说:"当然发呀。"小赵为难地说:"就进了三家,一家漏雨,是不是太勉强?"刘干事略一思考,顺手把题目改为"拉开了进村入户问漏活动的序幕"。

有个周五下午比较闲,刘干事让把办公室和大院的卫生打扫一下,并称作是大搞爱国卫生活动和周末义务劳动活动。小赵说:"一下搞两个活动,稿件内容就更丰富了。"可偏偏下午下起了雨。刘干事说:"活动跟下不下雨没有关系,大院不好清扫就清扫室内。"刘干事发现房角有些渗水,让人上去看,果然有积水。事毕,小赵把新闻稿让刘干事过目。刘干事说:"明明是三项活动,怎么写成两项?"见小赵一脸懵,刘干事说:"房顶检查渗水也是入户问漏活动的深入呀。"

刘干事已经把搞活动发展到每件事、每个环节。

那天,刘干事到他父母那里。父亲说:"听着、看着的都是你在忙活,怎么今天有时间来?"刘干事说:"今天是重阳节,开展走访老人活动,顺便回来看看您。"父亲不高兴地说:"不搞活动你还不来了?"刘干事说:"怎么可能不搞活动。要是不搞活动不上广播,那我干什么您怎么会知道?"

你怎么养成这习惯

这天，王女士一家三口自驾旅行，依旧是标准座次，丈夫驾驶，王女士副驾驶，儿子后排座。一路上欣赏风景，开心聊天，吃着零食，好不惬意。

王女士嗑着瓜子，吐够一小把瓜子皮就顺手往车窗外轻轻一撒。丈夫斜一眼副驾驶，埋怨说："每回都提醒，多少次都改不了这习惯。"王女士把剩下的瓜子皮渣往窗外一扔，拍一下手，侧身对儿子说："你可要养成好习惯。"儿子努一下嘴，下意识地摇上车窗玻璃，躲避着前窗飞过的瓜子皮。

王女士又掰了两片橘子塞到丈夫嘴里，举手给后排的儿子几片。丈夫提醒道："马上就进景区了，乱扔东西是要被罚款的。"王女士又侧身对儿子说："谁家的钱都不是好挣的，你可要养成好习惯。"边说边把橘子皮扔出了车窗外。儿子努努嘴，应付着哼哼了两下。

下午出景区返回前，儿子刚泡了碗方便面，王女士就接到老同学的电话，晚上有个小聚会。王女士喊着丈夫、儿子赶紧上车。儿子执意要把没泡好方便面带上车，王女士只好跟儿子换了座位，她不想让儿子把方便面汤汁溅洒到后排座新铺的座垫上。

王女士摇下车窗，再享受一下沿途的凉爽，并述说着与高学历、高素质的老同学们在一起的开心和平等感。忽然，只听王女士连声大叫："浑蛋，浑蛋，怎么这么浑蛋。"丈夫急刹车回头看，只见王女士脸上糊满了方便面汤汁。儿子显然已经无法收回扔出车窗外的方便面盒。王女士这回真动了怒，厉声训斥道："你怎么能养这习惯！看看我这脸，怎么面对老同学！"

现场会

乡里有规定，在哪个村开过现场会，年度考核就要给村里加分。

眼看年底到了，张庄村委会的张主任每次见到乡长都会提醒说："乡长，别忘了现场会给我们加分的事。"乡长说："你们那不叫现场会，只是乡里组织的检查，中午在你们村歇歇脚，顺便开了个小范围的总结会。"张主任说："听说赵家庄没开现场会你都答应要加分。"乡长说："他们村把庭院经济和美丽乡村建设结合起来，经济效益明显，村容村貌彻底改观了。我是答应年底前要在他们村开现场会，让各村向他们学习。他们村的现场会肯定要开。"

张主任说："听说王家庄没开现场会你也答应要加分。"乡长说："他们村的家禽养殖很有特色，乡里去年就计划在他们村开现场会，我说翻过年才能看到实效。现在乡集市上卖的鸡鸭鹅兔几乎全是他们村的，现场会要尽快在他们村开。没开现场会那是乡里造成的。"

赵家庄和王家庄的现场会赶在年底前都开过了，加分是铁定的，张主任心急如焚。没承想，县里恰巧在张庄开了个大会。

会议刚结束，张主任就找到乡长，说："这下该给我们加分了吧。"乡长说："你们的确露脸了，连副县长都到你们村开会。可那叫纠风现场会，村里强行让农民统一种南瓜，还买了劣质种子，造成歉收，农民告到县里，那是作为反面典型开的会。"张主任说："只要乡里认可是现场会，什么典型不典型的都可以。"

按照乡里的规定，开了现场会就能给村里加分，村干部也能多拿奖金。

撕破脸皮的狗

老张在院子里养了两条狗：小黑是公狗，负责看前门；小白是母狗，负责看后门。老张家有天晚上被小偷光顾，天亮后报了警。警察现场勘查，感觉很不解，说："拴狗的链子断了，狗身上有伤，你老张却说没听见，吃了什么药会睡得如此香？"老张说："昨晚喝了些酒，睡得沉，丝毫未察觉。看来这两条狗也着实豁出去了，伤成这样，真叫我心痛。"

警察先看过拴小黑的链子，说："连地下的桩子都拔出来了，要用多大劲。"小黑趴在地上一动不动，两只眼睛滴溜溜跟着老张转。警察又检查拴小白的链子，说："中间一环的焊接口都开了，是个旧茬口。"老张说："幸亏有个旧茬口，可以及时互相照应，要不还不知道要吃多大亏，这小偷也太可恨。"

这时，村西头的杨大爷来老张家，进门后大笑不止，说："昨晚你家这两条狗在我家麦场上过的夜。起先去的是小白，与我家的公狗缠绵老半天。后来小黑跑了去。再后来麦场上就是一场混战。"警察说："定是它们脱岗，才让小偷钻了空子，所以，老张没听到小偷的声音也算正常。"

老张两眼冒火，四处找棍子，他要狠狠教训这两条狗。

猛然间，只见小黑一跃而起，直扑小白，两条狗相互撕咬起来。老张举起棍子，气呼呼地说："不要脸的畜生，平时没亏待你们，关键时刻，你们却为一时痛快，基本职责都不履行了。"

大概是感到老张动了真格，小黑和小白玩命地相互撕咬，除了新增好几处伤口，还搞得满嘴满地都是狗毛，早没了平日里的情分。

哈哈一笑

没让接机

夫人到海南办事，返回新疆前想顺便到广州看看儿子。

夫人在海南给我打电话说："原本想如果事情顺利，能在中秋小长假前到广州，和儿子儿媳一起过个团圆节。可偏偏天不随人愿，要在小长假后上班的第一天才能到。"我说："这样的话，你就不要把去广州的事提前告诉儿子了，免得他还要请假去接你。年纪轻轻的，节后第一天就请假，影响工作，别人有看法。"夫人说："这个道理我懂。再怎么想见儿子，我都不会提前联系他，不让他到机场接我。机场到他家的路我也熟悉，坐大巴很方便。"

夫人停了一下，又说："要是节前到广州，我一定让儿子到机场接我。上次见面还是在春节期间，都大半年没见了。真没想到会这么不凑巧。其实，我内心还是很想让儿子到机场接我的。"我说："也不差那几个小时。儿子家离机场也不近，大老远开着车去接你，影响工作不说，驾车安全上也让人也多操一份心。"夫人说："你放心好了，我说话算话，保证不提前给儿子打电话，不让他接机。"

夫人到广州后，给我打来电话报平安。我说："你到底还是让儿子去机场接了你吧。说好的事情，你就是不听。"夫人笑着说："你怎么知道的？我刚跟儿子交代，不让他告诉你，他这么快就告诉了你。不过，我真没让他去接我。是登机前儿子给我打来电话，不停地问我几时到他那里，我这才告诉他的。"

我说："你内心还是想让儿子去接你，要不，昨晚就不会在朋友圈发那些海南的图片了。儿子看到那些，能不联系你，到机场接你吗？"

敲门的声音

　　快到午饭的时候，有人敲门。妻子正在做饭，就对我说："快去把门开一下。"我说："着啥急，是收暖气费的。我刚在楼下看到有几个人，摆了个桌子搞宣传呢。"我边说边开了门。果然是收暖气费的，那人站在门口说："燃气公司的，来催一下暖气费，方便时就可以缴了。"我说："单位该发的取暖补贴还没到账，现在收费也早了些。稍等几天吧。"那人点点头就走了。

　　隔了没两天，又有人敲门。妻子跟我说："谁呀，一大早敲门。"我说："还是收暖气费的。这么早就天天催收暖气费，莫非还等着我们的钱现买燃料不成？你去开门吧。"妻子打开门。果然还是前两天那个收暖气费的，那人进门说："检查一下暖气阀，过几天就要试压了。缴暖气费也要抓紧了。"我说："我们从没拖欠过暖气费，再稍等几天吧。"那人检查完就走了。

　　第二天午睡的时候，又是一阵敲门声。妻子说："这催暖气费也不分个时间，连午觉都不让人睡。天天来催也怪烦人的，咱也别等发暖气费再缴了，早些就早些吧，不差这点钱，我给他拿去。收费的人也不容易，一趟趟来回跑路。"我说："这回不是收暖气费的，应该是送快递的。"妻子开门，果然是送快递的。

　　快递员走后，妻子打开包裹，对我说："是儿子儿媳从广州寄来的中秋月饼。你咋还有些神了呢，什么人敲门都知道。"我说："听敲门声就能猜出个大概。收费的有求于你，所以敲门的声音就轻缓。送快递的就不一样了，他拿的是你想要的东西，自然也就没那么多顾忌了。"

哈哈一笑

生个大胖小子

小两口逛了半上午街，她一直都没个笑脸。他又陪她到公园散心，累了就坐在椅子上聊天。

她说："今天出门撞鬼。公交车上那人摇来晃去，就像踩进了火盆里，几次都差一点踩着我的脚。你还嫌我对人爆粗口。"他说："谁也不可能站在车里一动不动。你自己心里堵，才会看什么都别扭。他动他的，大不了你就当免费看了场街舞。你要这么想就行了。"

她又说："在商场里，本来就是那人挂了我的包，要不是我反应快，包就掉到地上了。"他说："我在你后面看得真真的，是你只顾看货架上的东西，包挂了别人，还跟人家起口角。要不是你及时往左靠着拿自己的包，就撞到右边的手推车上了。凡事要往好了想。"

她说："我也想往好了想，但也得有可以想的东西。说话不怕闪舌头，你要是遇上我的事，我看你怎么往好了想。"他说："我知道，你不开心的真正原因，是单位原本让你去进修，却突然让别人去了。你就当那是单位照顾你，让你多在家给老人尽些孝。咱俩结婚三年还没孩子，就当那是人家想让咱早日抱儿子。"

正说着，有个三四岁的孩子玩耍，突然撞进她怀里。她抱住孩子，看着他说："你看看，连不懂事的孩子也来撞我，你让我往哪里想，我不该坐在这里？"他说："送子娘娘把孩子送到了你怀里。好兆头，明年准生个大胖小子。"她竟笑出了声。

良心活

我有个习惯，每十五天要把电脑里的新东西往 U 盘里复制一份。这天正准备复制，接到电话需立刻出门。我一着急，把要复制的文件夹往 U 盘里拉，竟把文件夹给拉没了。我打电话找人帮忙。朋友给介绍了刘斌。

我提着电脑到维修部，找到刘斌。他在摆弄一部平板。听完我介绍情况，他说："复制的丢了可以恢复。你拉过去丢的，那是剪切，恢复不了。"我说："麻烦你试试。"刘斌说："那就扫描一下吧。"

刘斌取出电脑硬盘，接到机子上扫描。他很熟练地操作了一番，说："扫描完成需要些时间。"说完就去忙自己的事了。我看了一会儿，似乎看出些名堂，对刘斌说："刘师傅，我的文件夹没丢，找到了。"刘斌头也没抬，说："要是没丢，那就把机子关了吧。"

我关了机。刘斌把硬盘装好。我掏出一百元钱递给刘斌。刘斌看了我一会儿，笑着说："朋友介绍的，又没换零件，不能收你的钱。"推让半天，他还是没收我的钱。

我回去对夫人说："原来，是我把文件夹拉到另一个文件夹里了。刘斌应该很快就搜到了文件夹，心里很有把握，就干别的事去了。我对电脑也不是一点都不懂，起码能看出他把搜到的文件夹放在桌面的小框里。"夫人说："这种情况，你没必要主动付他钱。他应该直接告诉你，却还装模作样去扫描。"我说："刘斌算是个有底线的人，我乐意付些费用。他要是搜上两小时再敲你一笔，甚至把文件夹真给你搞没了，你不也得挨着。你的命运在行家手里捏着的时候，他的举动很大程度上就是个良心活。"

哈哈一笑

你是哪年人

　　五年前，赵总来单位任职的时候，企业效益不好。赵总在职工大会上说："要充分发挥广大职工的主人翁作用，积极献计献策。对卓有贡献的，要及时发现，及时表彰，及时重用。"我听后心潮澎湃，连夜加班，提出了改进产品制造工艺的建议。赵总看后极为重视，很快指示组织攻关，成功改进了工艺，节约了成本，提高了效益。年底，看到赵总参加上级表彰会，戴着大红花领奖，我心里由衷高兴。有一次，在卫生间碰到赵总，赵总说："你很有想法，单位需要你这样的。你是哪年人？"我说："一九五八年出生的。"赵总说："正是大干事业的年龄，单位要重用你这样的人。"

　　两年前，产品的售后服务跟不上，客户意见很大，已经影响到产品的声誉和销量。单位提出从生产一线抽调人员充实客服，我被调到客服部。我实现了全年零投诉。赵总下来调研，握着我的手说："零投诉，这是需要付出血汗的，需要付出智慧的。这才是单位的脊梁。"我说："都是应该干的。"赵总说："你是哪年人？"我说："一九五八年出生，属狗。"赵总说："不能让老实人吃亏，要坚决重用。"

　　前两天，我写了个报告给王主任。王主任说："你是业务骨干，我签个字，你直接去找赵总批。"我到赵总办公室，还未开口，赵总就说："你的工作有口皆碑，不重用是不能激励创新进步的。你找我有事吧？"我说："我来递报告，下个月就到退休年龄了。"赵总说："怎么这么快就到退休年龄了呢？单位还要重用你呢……你是哪年人？"

养孙防老

那天，我跟母亲聊天说："妈，您今年八十岁了，平时身边要有人，应该给您请个保姆。"母亲说："我这'五七连'享受退休待遇不到两年，哪来的钱请保姆。"我说："我和姐姐、弟弟，每人出些就够了。生了我们三个，也该回报一下您了。"母亲说："能省就省一点吧。再说，外人来我不习惯。现在虽说七老八十，可没到不能动的地步，你们平时轮着过来一下也挺好。"

我说："我们平时都忙，不能做到想来就来。我这次休假，能连续陪您二十天，一年才一次。给您雇个保姆就放心了。"母亲说："我不需要你们时刻陪着，有时间来看看就行了。现在你们这个分工就不错，我很知足。"

我说："虽说有分工，但有时也做不到按分工来。就像我这次休假，原本是从昨天开始的，我也跟姐姐提前说昨天不用她来，可单位突然通知有个会必须参加，一开就是大半天。还是请个保姆好。"母亲说："一两天不来也不要紧。我有儿有女，请什么保姆！"

看到母亲有些生气，我就不再提请保姆的事了。

我岔开话题，跟母亲开玩笑说："妈，说句心里话，您现在老了，身边还有三个子女。等我们老了，身边可能连个亲人都没有。我们的孩子都是独生子女，大学毕业后不知会在啥地方工作。都说养儿防老，您生了我们三个，现在照顾您都紧紧张张，像我只有一个孩子，将来真不敢指望。我也五十岁了，说老也快。"母亲笑着说："车到山前必有路。现在放开生二胎了，你抓紧让儿子结婚，生俩孙子，再帮着带大，你可以养孙防老呀。"

往下数

科员赵刚一向对数字敏感，分析问题逻辑性强，今年以来却很反常。三月底，赵刚来汇报工作说："科长，本月销售曲线还在大箱体内运行，截止二十五日，销量三千吨，二十日是二千，十日是一千，五日是三百。"我说："明明在逐步增加，可让你表述出来，猛一听是在减少。日期要从小往大说，销量也应跟着从少往多说。你的思维现在和别人是反着的。"赵刚点头称是，说："我改。"

半年销量分析，赵刚向我汇报说："六月销售最好，三四五月递减，一二月与上年持平。"我说："听你的汇报，我老费劲了。已提醒你好几次，可你不但没改，反而说话越来越让人听不懂。你应该说一二月持平，三四五月略有下降，六月份有了回升。可你还是从高往低，连月份和日子都反着说。你和前几年比，简直是变了个人，越来越不靠谱。"赵刚依旧点头称是，说："我改。"

后来，我又单独找他谈了几次话，还在科务会上对他点名批评，可赵刚仍没多大起色。

我把跟赵刚坐对桌的老刘叫来。我说："老刘，你跟赵刚关系好，了解他，你说他现在咋会变成这个样子。"老刘说："赵刚过年就三十岁了。几年前在股票上投了钱，指望能挣钱交首付款买房结婚。他主张价值投资，买了几只优质股，可大盘长期跌，他的股票市值损失近半。年初又调仓，重仓买了只前景都看好的股票，可被外国人一制裁，那股票竟直接跳崖，这是压垮他的最后一根稻草。他的思维已成定势，跟着股票趋势线走，说数字也从大到小、从高到低，往下数。"

太阳从西边出来

注意身体

有一次，王科长安排我写近期市场分析。第二天下午，我把稿子给科长。王科长浏览后说："很好，一天就写完了。"我说："是一天一夜，加了个夜班。"王科长说："我说咋这么快呢。我昨天告诉你，三天左右写出来就行了。"我说："我写东西喜欢一气呵成，要不思路容易断。再说，这稿子时间性肯定也强。"王科长说："时间还富裕。再急也要注意身体，避免通宵加班。"

又有一次，王科长安排我代拟主任讲话稿。第二天一早，我把稿子给王科长。王科长细致看了一遍，说："单位要有三分之一的人像你，那我们就是一流了。看你充满血丝的眼睛就知道，又熬了个通宵吧？周末前写出来就行，有时间。"我说："也得给您留足审阅修改的时间。"王科长说："那也不能玩命。身体是本钱，千万要注意身体。"

王科长的殷切关怀，让我备感温暖。

上周五，临下班时，王科长安排我起草明年的工作计划。周一上午，快下班的时候，王科长把我叫到他办公室。王科长客气地说："思路咋样了？"我说："周末两天我看了些材料。按照您说的一周时间，我能提前完成。"王科长说："可刚才主任通知，下午他就召集各科室领导研究明年的工作要点。"我说："书面材料肯定来不及写，估计各科室也都只能口头发言。"

王科长说："你一向可不这么拖拉呀。"我说："我看时间充足，就没加班赶稿。您平时不是常要我注意身体吗？"王科长很不高兴地说："注意身体是对的，可我现在的血压已经很高了，该加班不也得加班？"

回头查查告诉你

前阵子，我问贾文："听说你最近在组织'神酒杯'微小说大奖赛。"贾文说："通知发出没几天，收到稿件近万。"我说："那可把评委们累坏了。"贾文说："谁说不是呢。五个评委都有本职工作，要三个月结束比赛，实在难为他们。"我说："累死都看不完。他们会不会让别人代劳？甚至老婆孩子一起上？"贾文说："能及时反馈分数就不错了。但你不能瞎猜。"

贾文停了一下，说："我也没亏待评委，让老板增加了经费。"我说："不是轻易能增加的吧。"贾文说："我把情况一说，老板当场拍板定了。"我很佩服地说："还是你有办法。"贾文笑着说："比赛是多赢的事，活干好了，老板愿意出钱。"

贾文又说："不但这事解决了，老板还建议设入围奖，赛后集合出版，费用老板全包。"我说："挂个名都那么痛快，这样的老板不多见。"贾文说："什么叫挂名！大赛有规则，小说内容必须涉及神酒的奇特功效，还有公司的人性化管理以及生产区优美的生态环境。"我说："这不成广告了吗？小说写到这地步，太俗气。功效可不敢乱写，就是写管理和环境，也至少要身临其境参观一下。"贾文说："在比赛通知后面附了个企业简介。"

我说："神酒公司和这个品牌的酒，是什么地方的，我咋没听说过？"贾文说："我也是和朋友一起吃饭时认识老板的，互加了微信，时不时聊几句，结果就聊出个大奖赛。具体是啥地方的，突然让你这么一问还想不起来了呢，其实我也没太上心，回头查查再告诉你。"

太阳从西边出来

不能骂石头

老赵带队捡石头的规矩很多，其中之一，就是不能骂石头。

有一次，捡完石头返回的路上，见老王嘟嘟囔囔不高兴，老赵说："来的时候我就告诉过你们，不能随便骂石头，可你不听，自然就捡不到好石头。"老王说："我啥时候骂过石头，你听见了么？"老赵说："你一开始没捡到可心的石头，就骂骂咧咧没停下，说石头不长眼。我就在你旁边不远，耳朵又不聋，咋会听不见。"老王说："就是个破石头，骂一下又怎么了？让你这么一说，还神乎其神，好像真有灵性一样。"老赵说："石头就是有灵性，你骂了它，他就不往你眼里来。人家老钱走在你后面，没像你那样骂骂咧咧，你看人家捡的那块'月兔送宝'，绝对是精品。"老钱从贴身口袋里掏出那块奇石，嘿嘿地笑着，传给大家看。

老赵又说："最不可原谅的是，你后来还边骂边踢石头，好石头见了你老远就躲起来了。"老王说："就踢了那么一两块。让你这么一说，石头还都成精了，你也成神仙了。"老赵说："那当然，我就算不是神仙，那也是行家，要不你们几个怎么自愿跟我捡石头。不信你问他们，凡是捡到好石头的，哪一个又骂又踢石头了？"其他几人纷纷应和着老赵。老王闷声不吭气，到家门口下车后还踢了路缘石一脚。

老钱憋不住问老赵："你这不能骂石头的话还真是挺准的。这到底有些啥讲究？"老赵说："亏你还常跟我捡石头，连这都没悟出来。干啥都讲个心态，像老王这样，心态乱了，看啥都不顺眼，再好的石头自然也进不到他眼里去。"

小便池

那次跟父亲去外地，进了长途汽车站的卫生间，我大喊道："哎呀，这也太过分了。"父亲说："公共场所，有啥值得你这么大呼小叫？"我说："小便池里竟然有大便。这让别人还怎么用！太奇葩了。"父亲说："换个小便池用就是了。一会儿出去时，再顺便告诉一下保洁人员，清理掉就行了。"我说："第一次见这样的事，真不理解这样的人。"父亲"哼"了一声，没说话。

途中，我又想起小便池那事，就跟父亲说："想想还很搞笑，竟然能如此恶作剧。又高又滑溜的小便池，想象不出是如何蹲上去的，得练过功夫的人才有那本事吧。越想越让人无法理解，要狠狠处罚才行。"父亲说："也不能把别人都想那么坏。有的事，长大、结婚生子以后，就能慢慢理解，也能多一些宽容了。"我说："我就是结婚有了孩子，甚至到了中老年，也不能理解这样的事，不会宽容这样的人。"父亲不再说什么。

过了好一会儿，父亲突然憋不住捂着嘴笑出了声。我说："爸，您这是干什么呢？吓我一跳。"父亲笑着说："其实咱俩就干过那样的事。"我说："开什么玩笑！您也不是那样的人，我也不可能干那样的事。"父亲说："你肯定因为当时太小没记住。那年你不到两岁，也是在长途车站，你突然闹着要解手。往常大小便都是坐在便盆上，可那阵子卫生间的便盆别人都占着。我还以为你是小便，你又够不到小便池，我就抱着你在小便池上解决。没想到你却是因为吃了冷食闹肚子，拉稀拉了人家半小便池。"

这不是钱的事

老刘和老王平时爱斗嘴，老刘总是把老王压一头。这天早上，他俩一起在等单位的交通车。老王从地下捡起一分钱硬币，吹吹土装到了口袋里。老刘拍了一下老王的肩膀，说："那钱是你的吗？捡起来就敢往自己口袋里装？小时候唱的歌忘了吧，那是该交给警察叔叔的。"老王说："现在的一分钱不是那时的一分钱，我不捡恐怕也就没人捡了。要是交给警察，人家没准会以为我精神不正常。"老刘说："你这不也挺清楚的吗？你也弯得下腰去捡，还往自己口袋里装。你还是个正科级干部，就这档次。估计乞丐也不会去捡那一分钱。"老王说："这跟级别没什么关系，我不觉得丢人。"老刘说："你倒还知道吹吹上面的土。也不知道已经有多少只鞋踩过，你也不怕脏了你的手和这套高级西服。"老王说："我吹干净了，擦干净了。我装到口袋里觉着很舒服。就是真把手和西服搞脏了，大不了再洗洗就是了。"老刘说："真是天生的脏人、贱人，叫人瞧不上眼。"老王说："我装到口袋里就不脏不贱了，反倒还更值钱了。"上车后，老刘坐到老王旁边。老刘对老王说："那一分钱的旁边，就是一口痰，我离着远都看到了，你难道就没看到吗？你捡了钱，还跟路过的熟人握手。你不但自己脏贱，还去恶心别人。唉，让我说你什么好呀，真是让人无言。"老王说："我也看到钱的旁边有口痰，那我就更应该去捡，我还得快快地去捡，因为那一分钱的上面印着国徽……"

这回不只是老刘无言，整个车厢都安静了老半天。

投　票

　　老田是我过去的同事，已退休多年，平时少有联系。那天，老田申请加了我好友，很快转来一个帖子，还有留言："麻烦各位至爱亲朋，请动一下手指，给15号田修平投上您神圣的一票。"

　　我打开帖子，老田参加了社区唐装模特比赛，他在给自己拉票。投票期一周，每人每天可投一票，还可以点点数送参赛人礼物，折算成票数。点点数要用红包购买，一个点一元钱。不同的点数买不同的礼物，折算为不同的票数。最小三个点，名曰送红包，可折算成六票；十个点名曰送鲜花，折算成二十五票；五十个点名曰送奖杯，可折算成一百票……多点多付，多点多票。

　　我当即给老田投了一票，又花了三元送红包。网上立马显示我送红包投六票。我给老田发信息："目前165票，第八名，加油。"老田很快回复："非常感谢你呀老李，还送红包投票，有情后补。"

　　第二天，我又先给老田投一票后，再用红包支付三元投六票。网上显示出我送红包的情况。我给老田发信息说："现在621票，第六名，继续加油。"老田很快回复："万分感谢，关键时刻撑面子。"

　　以后几天，我每天如此，老田都回复表示谢意。

　　截止最后，老田是第四名。我发信息表示祝贺，老田却没给我回复。有次单位组织活动，我碰到老田，见面就说："祝贺你上次比赛取得好成绩。"老田轻轻握了我的手，说："太可惜，跟第二名只差五十票。你也是的，那天投票那么早。你送六票的红包，后面的人也都跟着送六票。你要是……或者让送多的人先投，我肯定能进前两名。"

紫茄子

老郑慈眉善目。有一次，遇到一个乞丐，老郑顺手放下十块钱。老伴儿说："现在假乞丐不少。"老郑说："不能谁都不信。万一真是乞丐，那也算帮了一个需要帮忙的人。能帮就帮吧。"

又有一次，老郑夫妇到副食店买生鲜。回到家，夫人说少找了两块多钱。老郑说："在店里不核对，现在回去，咋能说清？两三块钱的事，少找就少找了吧。"夫人说："你不当家不知柴米油盐贵。"老郑说："你要是现在去，还要回忆、对账，也影响别的顾客买东西。备不住谁都有算错的时候。还是算了吧。"这事最后就按老郑的意思算了。

那天坐公交车。老郑一把抓住小偷的手，小偷手里还捏着从老郑口袋里掏的钱。老郑要报警。郑夫人摆手示意说："就几个零钱，放过他吧。"老郑说："没钱可以明着要，把手伸进别人口袋算啥事！"

就在这时，老郑收到一条短信，是通信公司的账单提醒，明细里增加了一个五块钱的增值业务费。老郑气愤地说："我一直用着套餐，怎么会冒出个五块钱的增值业务。"郑夫人说："有啥奇怪的。我上次被莫名其妙地多扣费，投诉时，人家解释说可能是我没注意动了哪个键。打去电话让去掉就行了，顶多收你一个月，不过五块钱的事。"

说话间车到了站，早有警察在车门口候着，原来是其他乘客替老郑报了警。老郑却被短信的事搞昏了头，不知何时松手让小偷给溜了。面对警察的询问，老郑尴尬地让警察看短信，说："这比小偷厉害，简直就是抢劫，您看您管这个吗？"老郑那圆乎乎的脸变成走了形的紫茄子。

瑕　疵

　　周末，约老梁参团到乌尔禾捡宝石光。中午时分，老梁拿了块石头到我跟前，说："这块还凑合，但不够通透。"我说："这叫鸡油黄，是金丝玉里的上品，很难得。"老梁说："可是缺个角，边上有处绺裂。"我说："在戈壁滩上风吹日晒千年万年，捡到就是缘分，天然手把件。"老梁摇摇头说："有瑕疵，不是理想的宝贝。"

　　下午，临返回前，老梁又拿了块石头跟我说："这个通透，应该算宝石光了。"我拿来看过，说："你运气好，上午捡到鸡油黄，现在又捡到宝石光，我大半天只捡到几块普通金丝玉。"老梁说："太小，纽扣般大，里面还有杂质。"我说："大自然的馈赠，不能苛刻，打个戒面足够，放着闲了看看也挺养眼。"老梁说："瑕疵太大，这也不是我心目中的宝贝。"

　　老梁一直没捡到中意的东西，我也感到很遗憾。

　　回去的路边，有卖石头的小摊。领队安排停车，让石友们下车淘宝。老梁在一个摊点拿到一块石头，小声对我说："这比鸡蛋大吧，通透纯净，没有一点瑕疵，放在家里撑面子，送给朋友显大气，这才是我想要的宝贝。砍砍价，要是差不多的话，我就收入囊中。"我说："不急，再转转。"

　　我拉着老梁往停车的地方走。我说："你要真喜欢那样的宝贝，回去我想办法给你弄，要多少有多少。"老梁说："开玩笑吧，一点瑕疵都没有，戈壁滩上一天都捡不到的宝贝，你能要多少有多少？"我说："碰到那样完美无缺的可要当心，外行人的确看不出有瑕疵，但比你捡的差太远，那是用有机玻璃打磨的。"

太阳从西边出来

212

提前看了书

老梁是我老友，但在捡石头群里是个新石友。

周末，我约老梁到戈壁滩捡奇石。按照惯例，临上车返回前，要把捡到的石头粗挑一下，太差的就不带上车了。老梁指着我捡的一块七八公斤重的石头说："这块就算了吧，别带回去了，根本没有一点皱瘦漏透的意思，就是块光溜溜的黑石头。"我说："我觉着这是块好石头，可遇不可求。"我边说边用好几层纸把石头包好装到箱子里。老梁嘿嘿笑着说："要是我拿回去这东西，老婆非给我扔了不可。"

上车返回的路上，老梁又提起我的黑石头："真想不明白，你闲的时候也常到戈壁滩捡奇石，怎么能看上那东西。质色形纹韵，一点不沾边，我看你的审美观大概有问题。黑不溜秋的，真不知道你能往什么地方放。"我说："你今天捡的奇石加起来我也不换。这没准还是块精品，我拿回去再仔细琢磨一下，过一段时间你就知道了。"老梁笑着拍拍我的腿："你就自娱自乐去吧。"

没过多久，我给老梁送了个镯子。我说："看看这个怎么样，有没有档次？"老梁对着光线看后说："这镯子的确不错，黑里透绿。不过，我现在更想知道你那块黑疙瘩摆放到哪里了，嫂子有没有给你扔出去？"我说："再好好瞧瞧，你手里的镯子就是其中一部分。"老梁疑惑地着我。我说："那块黑石头打了八个这样的镯子。"老梁说："能打镯子，那就不算是奇石呀。"我说："那是块戈壁料，是墨碧玉石。"老梁有些埋怨地说："你跟我说好的是去捡奇石，我为此还专门提前看了赏石理论书。"

哈哈一笑

丢石头

　　每次到戈壁滩捡金丝玉，领队石缘几乎都能捡到其中的精品宝石光，很是激发石友们的热情，他带的团队大都保持车辆满员。

　　有一次，回去的路上，石缘问大家："这次收获还满意吗？"新石友梦石说："咱们去的地方满地都是车辙，估计那儿的石头也被人捡得差不多了。我只捡到几块普通金丝玉，没捡到宝石光。"部分石友表示有同感。石缘拿出块白宝石光说："这是我捡的，谁说没有宝石光。"梦石说："你是领队，有经验，咋能跟你比。"石缘说："你多参加我组织的活动也会有经验，参加三次，你要还捡不上，我送你块宝石光。"梦石欣喜，当即报名参加下次的活动。

　　又有一次，在回去的路上，石缘问大家："今天大家收获咋样？"石友们反应平平，有个别几位竖起大拇指。石缘拿出块宝石光，说："这是我的收获，红宝石光，宝石光中的上品。"看得石友们目瞪口呆。石友野风说："我捡了好几年宝石光，这样的宝贝已成了传说。"石缘说："我就不信那个邪。我坚持比你们多走了两公里，结果宝贝就收入我囊中。"野风说："你当时不及时喊我们过去，现在说有啥用？"石缘说："下周末继续呀，把车再往里开，让石友们都有机会捡到这样的宝贝。"

　　最近一次，我找机会小声问石缘："你今天展示的宝石光好像是去年捡的那块。"石缘看我半天，说："你是老石友，咋能说这样不负责任的话。退一步说，真是去年捡的那块又咋样，就不许我丢了再捡回来吗？有的旅游团领队能时常丢人，我丢块石头咋就不行！"

太阳从西边出来